史上最簡單易懂的國語文法書

中文基礎文法

（上）

黃筱媛　主編

擎天生活新知股份有限公司出版

我為什麼開始研究中文的文法？（代替自序）

話說有個朋友的孩子，小時候非常聰明活潑，上小學後就變得拖拖拉拉不喜歡寫功課。他爸爸對他越來越嚴厲，他就變得越來越不聽話，偶而還會爆發叛逆情緒。

小六那年的暑假，他來我這裡上課。剛開始他的態度很懶散，精神不集中。兩個月後終於把一個課程讀完。在那兩個月的時間內，我花了很多心力協助他釐清許多的誤解。開學後他媽媽很高興地說，孩子現在每科成績都有 90 分，並且會主動寫功課。

他的學習態度改善很多，也每天都來上課。因為颱風天的關係，我們連續三天放假。第四天他來上課時，我發現他的學習態度變差了。他一直分心，也不遵守秩序，整個人跟上星期比簡直判若兩人。我問他：「這幾天你讀了什麼是你不了解的嗎？」他楞了一下反問我：「不是上課的書也會影響嗎？」我告訴他：「會」。

原來他在這幾天看了一本跟算命有關的書卻不甚了解。後來當我找到他在那本算命的書中沒弄懂的詞，並且讓他弄懂後，本來跟我僵持了一個半小時都不願意寫的作業，不到 10 分鐘就完成了。

他的學習態度由好變壞，由壞變好，如此快速的轉變讓我大吃一驚。以前我知道學習遇到障礙會影響學習，但我從來沒想過學習的障礙竟然會如此迅速地影響一個人的行為模式、態度，甚至他的脾氣與個性。

我開始正視孩子的「個性問題」，那些孤僻、不合群、容易發脾氣……的情況，真的是孩子的「個性問題」？還是他們遇到了他們自己解決不了的難題？

我的小女兒小時候非常可愛，從不鬧脾氣，簡直就是人見人愛。但不知從何時開始，她變得極度在乎她自己，似乎只有我們配合她，

她才會高興。叫她倒杯水，洗個碗什麼的，她都會反問：「為什麼叫我？你自己不會嗎？」跟她講道理，她也是愛聽不聽。我曾經很苦惱，為什麼我可以教別人家的孩子，卻教不好自己的孩子？

我一直以為這是小女兒的「個性問題」。當我領悟到她的不合群可能是因為她遇到了她不了解的東西卻無法自己處理後，我請大女兒協助妹妹，從她最近看的書中找出她不了解的字並幫她弄懂。神奇的事情發生了，本來幾乎叫不動的小女兒，在弄懂幾個字之後，態度竟然開始變好了，而且只在幾天之內就改變了。

現在她變得好溝通，願意幫忙，情緒與態度和以前的不情願相比是截然地不同。原來讓孩子變聽話、貼心、好相處…，秘訣就是這麼簡單：確定她瞭解她正在讀的東西。

我從事教育工作二十幾年，接觸過各種不同年齡的人，即使是成年人，對中文常用字也搞不清楚；他們對生活有很多錯誤的想法，個性也冥頑不通。很多人以為中文很簡單，不用學就會，或是覺得學英語更重要。但我的親身經驗是，學好中文，更容易學好英文。

22歲那年，我和我先生到澳洲進修。以前英文就是我最爛的科目，當我在國外面對著一連串看不懂的英文字母時，我覺得自己變得渺小也沒有自信。後來我有將近10年的時間都在國外讀書，英文似乎也到了可以唬人的程度，但是我心裡知道，我只是熟悉那些常用的專業術語。因為我不常和外國人聊天，也不愛看沒字幕的英文電影。

你知道嗎？真正讓我能流利地聽說英文，其實是來自於我認真地**學中文之後**！

有一陣子，我被要求要弄懂中文字的定義。在那段時間裡，每個中文字看起來都很奇怪，這個字這樣寫嗎？是這個部首嗎？我認真地弄懂許多中文字之後，有一天我和一位英文很厲害的朋友一起和外國人交談。外國人快速地講了幾句話，我聽懂後馬上就回答他。朋友竟然在他走後問我，他剛剛講的那個詞是什麼意思？

我很驚訝地發現我現在可以很容易複製英文並理解英文！

為了確定我接收到的意思是正確的，我翻開字典憑著發音就找到那個英文單字（以前我絕對無法憑發音找單字，我也幾乎背不住英文單字。）但是我現在竟然可以聽清楚對方的發音，也能接收他想表達的意思。這種狀況又重複了好幾次，直到我很確定這不是偶然，我的英文接收力真的在釐清「**中文**」之後整個變強了！

更多的附加收穫隨之而來，因為不再懼怕英文，我更願意跟外國人溝通，我的人際關係變好了。我很容易在坐飛機時認識新朋友，也開始感受人間到處有朋友。這段親身經歷讓我相信，母語是學習外語的基礎。

「母語」是我們出生後最早學習的語言。中文是我們的母語，我們所學的一切都建立在中文的基礎上；如果基礎打不好，就像地基建不穩，房子也蓋不高。

人會變笨，就是累積太多的誤解。不了解中文，一定會影響之後的學習。誤解累積得越多，就像在大海中失去方向，最後只能隨波逐流地迷失自己。但是只要把中文的基礎弄懂，理解力與應用能力，都能大大提升。

近年來我遇到很多成年人"學習能力不好"。我很訝異地發現，「不想學習」的問題，不光是發生在中小學生身上，很多大人也有無法學習的問題。

歸根究底，**看不懂自然不想學**；沒有學習能力一定跟中文能力大有關係。早年我學習英文的時候，曾讀過一本書《文法與溝通》，這本書由知名的教育家 L. 羅恩 賀伯特先生所著。他把英文的文法變得很簡單，使文法著重在溝通而不是艱澀難懂的規則。這本書對我當時學英文極有幫助，所以我心裡想著：弄懂中文的文法應該也能讓中文變得很容易上手。於是我開始研究中文的文法。

從小到大，中文一直是我的強項。但自從我開始學中文的文法之後，我才知道我那自以為很厲害的中文造詣，不過是井底之蛙的視野罷了。也因為發現到自己的不足，促使我更願意去學習。

更神奇的是，當我讓身邊的人也學習中文的基礎文法後，幾乎每個人的能力都改善了。有一個讀碩士班的男孩說話、反應都很慢，寫的東西我常常看不懂。他對自己沒有自信，人際關係也不好。原來是因為他對很多中文字都一知半解。

我們開始加強他的中文。有一次花了三個小時他終於弄懂五個相關連的詞，本來他讀一篇文章寫一個作業要五個小時，那天他竟然在四個小時內就讀完三篇文章，也交了三篇作業。他說一旦弄懂誤解的詞之後，後面的文章就通暢了。他完成課程分享心得時說：「以前我讀書總是半途而廢，這是我這輩子第一次有能力從頭到尾自己讀完一本書。」。

自從他能自己讀懂書後，他開始有自己的判斷力，講話不再怯怯生生的，整個人變得有自信起來。他發現交朋友也不難，於是他的人際關係也變好了。他的改變讓我很開心，原來提升學習力竟然也能恢復其它的能力，這是一件多麼有意義的事情啊！

有位45歲的女士，從小不喜歡讀書，很容易緊張也沒有自信。她只是弄懂非常基礎的文法，短短一個月她的學習能力就從「低等」提升到了「高等」。她說：「學文法讓我的溝通能力變好了。以前我先生在聽我講話時常常皺眉頭，也沒有耐心，還會不停地反問我，我們就常常吵架。現在我講話的時候，他不再一直插嘴或皺眉頭。應該是我的表達能力變好了，我講完他就能聽懂。所以我們現在的感情變得比以前好。」「我現在喜歡學習，也感覺自己變聰明了。」

一位19歲的女生高中時因為家裡的關係換了兩所學校。中間又發生了一些事情所以她很不喜歡讀書。她學了一個月的文法後，告訴我她要去讀大學了。她說：「對於學習新事物，我不再懷疑自己能不

能做好，而是期待學得更多。學習文法讓我重拾學習的欲望。我喜歡中文，也喜歡學習。」

這個世界是如此地精彩豐富，當你擁有學習的熱忱，能夠活到老學到老，這是一件多麼棒的事啊！如果中文是你的母語，那麼瞭解中文的文法就像是找到**泉水的源頭**。提升你的中文力可以讓你的**聽、說、讀、寫的能力變得更好，自然更多的天賦才能也會泉湧而出**。

我發現無法學習的人會不斷地重複犯同樣的錯，而他們學不會的原因有三個：

1. 不知道正確的學習方法，

2. 學習的東西太難，

3. 被迫學習。

想知道正確的學習方法，可以參看《學習如何學習》這本書。而這本《史上最簡單易懂的國語文法書　中文基礎文法》絕對可以幫你弄清楚中文的基本概念；中文能力提升後，學習就會是一件簡單的事。值得一提的是，處理好第 1 點和第 2 點，自然也產生了學習的興趣。

國父 孫中山先生在民國八年發表《孫文學說》時說：「中國自古以來，無文法之學。」所以中國第一個提倡研究文法的人是國父。自一九一七年（民國六年）的白話文運動以後，雖然有多位學者開始研究中文的文法，不過老實說，以現今學生日漸薄弱的語文能力，要領會這些文法書實在不是一件容易的事。

編寫這本文法書的目的，是想要用簡單的方式呈現中文的文法。你的中文能力好，你的聽、說、讀、寫的能力也會變好；你會更有領悟力，生活也會變得更有秩序。這是我最想看到的結果。

編者　黃筱媛

民國一百零八年十二月于台灣

編者介紹

黃筱媛 老師

擎天優質學習館　副總經理

超過 20 年的個人生活改善顧問

快樂之道專業推廣講師

公民人權協會 台中區公益大使

美國洛杉磯國際名人中心資優結業生

專精於學習、溝通、親子、自我成長等領域

曾赴澳洲、美國進修現代心靈科學與教育諮詢

《學習如何學習》與《文法與溝通》這兩本書的作者都是 L. 羅恩 賀伯特先生。
由橋出版有限公司出版。

【L. 羅恩 賀伯特】：
　　L. 羅恩 賀伯特先生是世界知名的作家、探險家，也是教育專家。在 2006
年的金氏世界紀錄裡，他是作品是翻譯成最多語言與最多發行量的作家。
他的著作與演講翻譯量超過三億份。他的作品已幫助成千上萬人過著充滿
自信與快樂的生活。

學習是一把鑰匙
可以打開任何一扇門

我期望你擁有這把鑰匙
藉由閱讀，開啟廣闊的視野
擁有豐富且有意義的生活

享受吧！

如何使用這本書

這套《中文基礎文法》分成九個單元,建議讀者依照編排順序來閱讀;最好能搭配函授課程與作業本來做練習。

函授課程的作業是依照難易度來安排,從簡單的觀念開始,協助你循序漸進地學習。你能藉由練習融會貫通地使用這些基本規則,也能獲得確定感。

建議讀者在尚未弄懂內文之前,不要隨意從目錄中挑選一段來閱讀;因為單一段落地查詢,可能因為缺乏前面的相關資料而產生誤解。

當你讀完整套的文法書後,本書的目錄就會是很棒的搜尋工具。你會發現這是一套完整但簡單易懂,解說國語使用規則的工具書。

本書並不涵蓋國語文法的全部資料,畢竟編者的目的並不是要編出一本語法研究大全。編者只想讓更多人能了解自己的母語,獲得更好的聽、說、讀、寫能力。

本書在編寫時已捨棄艱澀與不合時宜的文法用詞與用法,只編寫出文法的基礎概念,讓讀者輕鬆學懂文法。也期望這套《中文基礎文法》能協助你開拓天天閱讀的好心情。

關於國語的文法

何謂文法？

文法是語言的使用規則，人們同意使用這個規則，使文字的結合能達成有意義的交流。

中國自古以來沒有人研究文法，直到清末有一位學者馬建忠寫出第一本關於文言文的文法書。我國歷代以來的書籍都是文言文，直到民國9年教育部才正式將小學一、二年級的國文課本從文言文改為白話文，廢止了文言文。

一九一七年（民國六年），一群作家及學者發起了「新文學運動」又稱白話文運動。這是一場中國文學與語文的改革運動。從新文學運動後，就有不少的語言學家投入了現代漢語語法的研究，仿西方語法寫出了國語的文法書。

要知道，人類是先用聲音來表達想法，然後才創造了文字來傳遞想法。語言是人與人之間的交流，經過歲月的累積，逐漸形成出一套語言的用法與規則。

語言的使用規則並不是某人先寫好了規則，再要求其他人依照這些規則來說話。學者們憑藉著自身對語言的認知，在解讀國語文法時也有各自的主張，這導致文法的說明用語並不統一，解釋也不盡相同。

民國48年大陸集合多位老師編出一套《暫擬漢語教學語法》，來作為大陸漢語教學的語法系統，但此系統相當瑣碎與複雜，初學者實在不容易學懂這套文法。

本書所使用的文法主架構，主要採用漢語言文字學家黎錦熙先生在民國 13 年推出的國語文法。他的《新著國語文法》有一個最大的特點，就是最大程度地仿照英文語法。

編者一開始研究中文文法時，常苦於找不到文法用詞的簡單定義，花費了許多時間與心力查詢、理解後，才搞懂各用詞之間的關係。這些寫出文法的國學大師們，真的擁有非常廣博的中文造詣，但是他們卻忽略了廣泛民眾的基本需求。正因為編者經歷過這種困境，益發覺得擁有一本簡單、易學的國語文法書是一件很重要的事。

編者期望傳遞給讀者更容易上手的國語文法概念，讓讀者輕鬆地掌握自己的母語，進而提高閱讀與理解力。本書中所使用的文法用詞皆已附上解釋說明，讀者在閱讀時，建議不要同時查閱其他的文法系統，或與其他文法書的用詞混雜使用。先弄清楚本書的文法系統，日後當讀者想深入研究其他的細節，就可以很容易了解其他的文法系統以及相關資料。

【暫擬漢語教學語法系統】：
　　1959 年頒布的一套漢語語法系統。由大陸的 21 位學者共同合編，顧名思義，這個系統是暫時使用的，只適用於漢語教學，而且並不完善。

【黎錦熙】：
　　(1890-1978) 漢語言文字學家。他和蔡元培、吳稚暉等成立「中華民國國語研究會」，推行普通話和普及白話文。促成教育部正式公布了注音字母。他在文字改革、現代漢語語法研究和辭典編纂方面，都有極大的貢獻。創辦了國語專修科，畢業生中有 100 多人後來到台灣推行國語。

中文基礎文法（上冊）目錄

【中文的簡單介紹】

國語，是指這個**國家全**國統一使用的**標準語言**。

中國雖然在兩千多年前，字形已經統一了，但發音卻沒有統一。因為中國的地理位置範圍很大，各地的口音不一樣，使得同樣一個字在不同的地方發不同的音。

譬如「人」這個字，北平人說「ㄖㄣ ˊ」，閩南人卻說「ㄌㄤ ˊ」。

又如「鞋子」，北平人讀「ㄒㄧㄝ ˊ ㄗ ˙」，湖南人說「ㄏㄞ ˊ ㄗ ˙」。

同樣一個字，不同的發音，會帶來許多溝通上的誤會與衝突。

民國二十一年，教育部公布以北平音為基準的標準字音，採用「注音符號」專門來拼注漢字，才讓我國的語言有了統一的發音。大陸把發北京音的語言稱為普通話，是中國正式的標準語言。

民國二十四年，教育部成立國語推行委員會，用注音符號大力推行國語教育。政府遷到臺灣後，持續推廣國語運動。隨著數十年的使用，演變成現今在臺灣所使用的「國語」。

臺灣所使用的國語，受到一些台語的影響，比普通話少了一些捲舌音。

中文，是整個中國語言的統稱，包含普通話、廣東話、上海話、閩南語、客家話等等。國語＝普通話＝華語，是**全**國統一使用的**標準語言**。

【閩南人】ㄇㄧㄣ ˇ ㄋㄢ ˊ ㄖㄣ ˊ：
居住於臺灣、中國福建（簡稱閩）南部一帶的人。

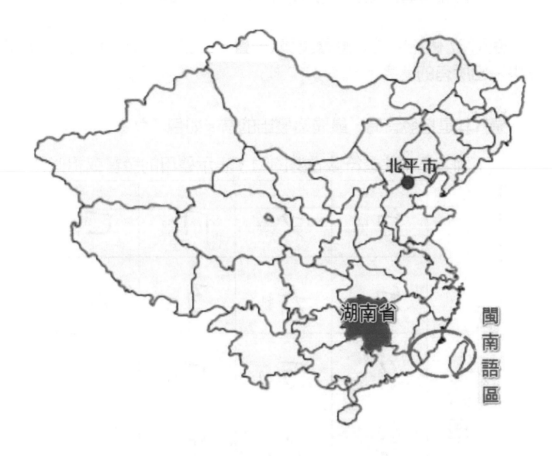

【湖南】ㄏㄨˊ ㄋㄢˊ：
　　位於<u>中國</u>大陸長江中游，<u>洞庭湖</u>以南的一個省，所以稱「<u>湖南</u>」。

【為什麼要學注音符號？】

注音符號是專門設計來拼注中文的，也只適合拼注中文。

使用 37 個符號和 4 個聲調號（二聲、三聲、四聲、輕聲），就可以拼注出所有的漢字。

聲母是指發音時，最開始發出的音。如包「ㄅㄠ」中的「ㄅ」。

（下面表格中注音符號右邊的國字表示聲母的發音或相似音。）

聲母	ㄅ博	ㄆ潑	ㄇ墨	ㄈ佛
	ㄉ德	ㄊ特	ㄋ呢	ㄌ肋
	ㄍ哥	ㄎ科	ㄏ喝	
	ㄐ雞	ㄑ七	ㄒ溪	
	ㄓ知	ㄔ吃	ㄕ獅	ㄖ日
	ㄗ資	ㄘ次	ㄙ思	

【拼注】ㄆㄧㄣ　ㄓㄨˋ：用注音符號的拼音方式來解釋國字的發音。

韻母是指發音時，一個字後半段的音，如包「ㄅㄠ」中的「ㄠ」。韻母又稱為韻尾。

（下面表格中注音符號右邊的國字表示韻母的發音或相似音。）

韻母	一衣	ㄨ屋	ㄩ迂	
	ㄚ啊	ㄛ喔	ㄜ噁	ㄝ頁
	ㄞ哀	ㄟ欸	ㄠ凹	ㄡ歐
	ㄢ安	ㄣ恩	ㄤ骯	ㄥ哼	ㄦ兒

中國字，看字形也許可以猜出字的涵義，卻不一定知道字的發音。再加上不同的地方有不同的口音，若是沒有統一讀音，溝通將會變得很困難。

因此學中文，首先要學注音符號。

一個注音符號發一個音。一個中國「字」，可由一個符號，或最多三個符號，就拼寫清楚了。例如：

「花」這個字，注音「ㄏㄨㄚ」。

37 個注音符號，有 21 個聲母，16 個韻母；是學習中文的基礎。當你學會了注音符號，你就可以正確的念出中國字的音，有識字能力。你能因此不斷地認識更多的字，也能幫助你的閱讀能力。

【注音符號表】

聲母	ㄅ	ㄆ	ㄇ	ㄈ
	ㄉ	ㄊ	ㄋ	ㄌ
	ㄍ	ㄎ	ㄏ	
	ㄐ	ㄑ	ㄒ	
	ㄓ	ㄔ	ㄕ	ㄖ
	ㄗ	ㄘ	ㄙ	
韻母	ㄧ	ㄨ	ㄩ	
	ㄚ	ㄛ	ㄜ	ㄝ
	ㄞ	ㄟ	ㄠ	ㄡ
	ㄢ	ㄣ	ㄤ	ㄥ ㄦ

【口語的溝通，是怎麼開始的？】

一開始，人們先看到一個物體，它還沒有名稱。

人們看見這東西，就想跟另一個人交談它。只能把它指出來、或把它抓起來，否則別人不知道你在談論哪一個東西。

捉一個這樣的東西有時並不容易，要畫出來也不是人人都能輕鬆辦到。

解決的方法就是創造出一種說話的聲音來代表那個東西。這個創造出來的聲音，經常和該物體本身發出的聲響有關。

例如：有一種動物發出的聲音是「ㄇㄧㄠˊ——ㄇㄧㄠˊ——」，便把這種動物稱為「ㄇㄠ貓」（貓叫聲「ㄇㄧㄠˊ」近似於「貓」的臺語音。臺語保留了大量的古漢語發音）。

所以，現代人說「ㄇㄠ」這個音時，就是在指這種動物。

口語的溝通，就是這樣開始的。

【文字，是怎麼開始的？】

口頭交談的語言，稱為口語。

人們開始口語溝通之後，發現口語溝通需要被紀錄下來才能讓其他人知道發生了什麼事，因此就有了書寫符號來代表這些說話的聲音。

符號，是代表某種想法或事物的標記。例如「=」是「相等」的意思。

從遠古的時候起，人們就開始使用圖畫來表達想法。他們把心中所想的事物畫成圖畫，別人看了就知道那是在表達什麼。例如在洞穴壁畫中，發現了這幅代表「人」的圖畫（右圖）。

幾千年前的埃及人以圖畫或符號來溝通想法。這些符號被稱作「象形文字」。

象形文字是根據物體的形狀，以圖畫或符號的方式來表示想法。

中國的文字是象形文字。一開始是仿照物體的實際形狀所畫出來的圖形，後來為了方便紀錄與刻劃，圖形開始簡化，逐漸演變成如今的文字。

下圖是「人」這個觀念，從圖畫演變成方塊「字」的過程。

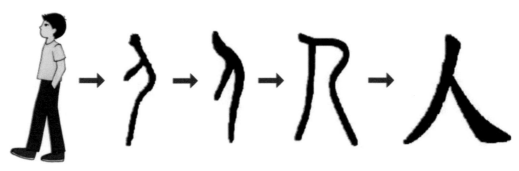

　　聲音可以用來表達想法，不同的聲音表達出不同的想法。例如狗的吠叫聲，在歡迎主人時是一種聲調，遇到陌生人時是另一種聲調，肚子餓了時又是不同的聲調。

　　這跟人類的語言有點像，不過動物的智慧還不夠高，也不能發出很複雜的聲音，或表達出很複雜的想法，所以還不能算是語言。

　　人類是先用聲音表達想法，然後才有文字。

　　口語和文字的基本功用是一樣的，只是表達的方式不同。

　　把心中要表達的意思用聲音說出來，就是口語；把心中要表達的意思用線條畫（寫）出來，就是文字。

口語溝通　━━▶　文字溝通

【文】ㄨㄣˊ：記錄語言的符號。如「文字」、「國文」、「外文」。

下面有更多中國字，從圖畫演變成「字」的例子：

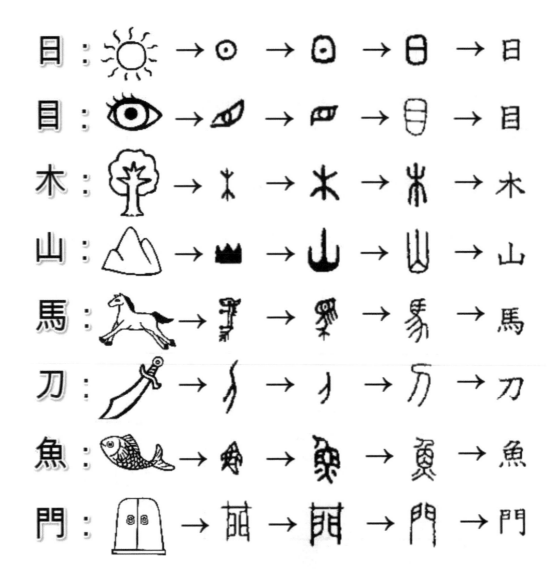

【中文可能比你想得還簡單！】

整個漢字的基本結構，也就是基本的筆畫。

可歸為八大類：

筆畫名	發音	形狀
橫	ㄏㄥˊ	一
豎	ㄕㄨˋ	｜
撇	ㄆㄧㄝˇ	ノ
捺	ㄋㄚˋ	㇏
點	ㄉㄧㄢˇ	、
提	ㄊㄧˊ	╱
折	ㄓㄜˊ	㇆
鉤	ㄍㄡ	㇗

古人常說，練好「永字八法」就能寫好一切字，講的就是這種基本的筆畫。

曾有人抱怨中國字太多，羨慕「人家英文，廿六個字母就搞定了」。英文單詞由廿六個英文字母來組成，所以**字母**是英文單詞的組成部件。

而漢字是由筆畫來組成，**筆畫**就是漢字的組成部件。英文用廿六個字母來組構單詞，漢字卻僅須八筆啊！

【部件】ㄅㄨˋ　ㄐㄧㄢˋ：
　　部件是漢字形體的基本結構單位。一個字由一個或多個部件組合。

【部首是漢字的簡單分類】

　　東漢時代，許慎將蒐集到的漢字歸納出 540 個部首，編成《說文解字》這本書。

　　清朝的《康熙字典》收錄將近五萬個漢字，並將部首減少至 214 個。現代的字典仍然沿用這 214 個部首。由此可知，漢字，可以被簡單地分成 214 類。

　　中國字，形體偏旁相同者，大都歸於同一部首。部首，除了對字做「形體」上的分類，也做「意義」上的分類。

　　漢字其實以極少的筆畫、極簡的分類，不過造出了五萬多個字；而英語如牛津字典，卻收錄了超過四十萬個英文單詞。

　　你有發現嗎？中文也許比你想像中的還簡單！

【許慎】ㄒㄩˇ ㄕㄣˋ：許慎，東漢著名的文字學家。

【說文解字】ㄕㄨㄛ ㄨㄣˊ ㄐㄧㄝˇ ㄗˋ：
　　《說文解字》是我國最早的一部字典，首創以部首的方式來編排。

【部首】ㄅㄨˋ ㄕㄡˇ：
　　按照字形結構，取形體偏旁相同者，分部排列，這種依形體偏旁分類的類別，稱為「部首」。部首是組成一字的部件之首。

【偏旁】ㄆㄧㄢ ㄆㄤˊ：
　　指漢字合體字的上下左右任一部分。例江字的右偏旁是個「工」字。

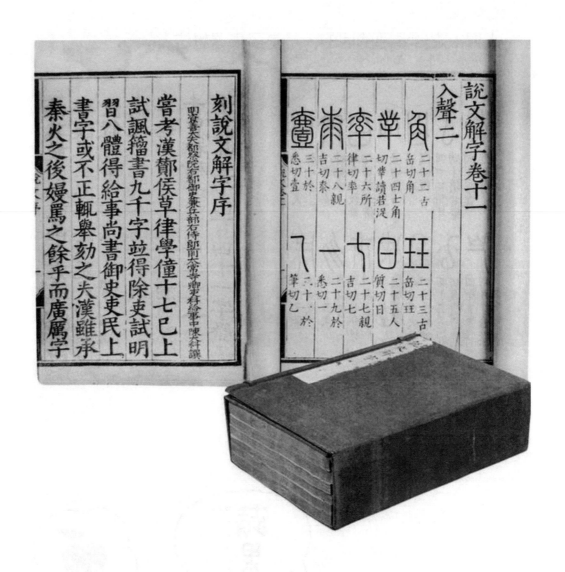

《說文解字》一書（圖片來自網路）

【「字」與「詞」，兩者是不同的】

人與人之間溝通的目的，是為了表達想法。

一開始人們先用聲音來表達想法，後來才創造了文字。

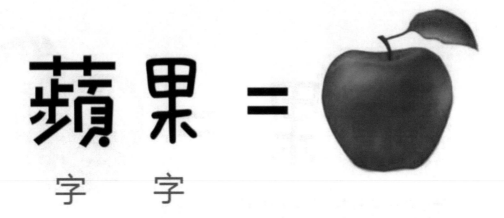

蘋　果　＝

字　　　字

「字」是書寫時的最小單位。

字，有字形、字音、字義。

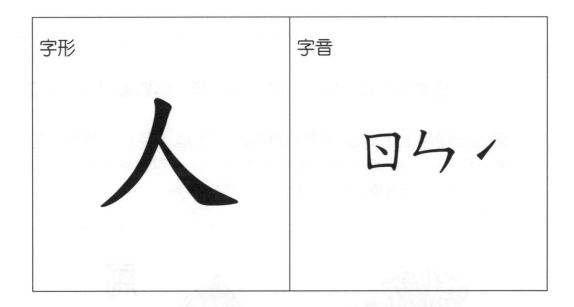

字形	字音
人	ㄖㄣˊ

【單位】ㄉㄢ　ㄨㄟˋ：
　　計量數量的標準，比如「秒」是計量時間的單位，「克」是計算質量的單位等。例計算蘋果的單位是「顆」。

「詞」是語言上表達一個觀念的最小單位。

兩字合起來是一個詞

「很多人愛吃甜點」這句話共有七個符號，七個音，七個字。但只有六個詞，因為傳遞出來的主要的觀念是：很—多—人—愛—吃—甜點。

中文的「字」和「詞」是不相等的。這兩者之間有什麼差別呢？

「字」是書寫時的最小單位。「詞」是表達一個觀念的最小單位。

語言在使用上，是以「詞」為單位，不是「字」。 像是：花、鳥、馬、紅、白、看等字，一個字就能夠表達一個觀念，這就是一個詞；一字一音，故這種詞稱為單音詞，簡稱單詞。

有時候，要幾個字合起來才能表達一個觀念。例如：「枇」字或「杷」字要合起來使用才能表達一個觀念。因為你不能到水果攤說：「老闆，請問**枇**一斤多少錢？」或說「我要買一斤**杷**。」

這種需要幾個字合起來的詞，稱為複音詞（簡稱複詞）。如葡萄、蝴蝶、蜻蜓、螳螂、起士、摩托車等。複音詞由幾個字組成，發多個音。

　　中文有非常多的複音詞。有一種複音詞，容易讓人以為是兩個單詞，但其實只是一個複詞。例如「火車」這個詞，「火」和「車」分開都能表達一個觀念；但是「火車」是一種交通工具名稱，只表示一個觀念，不是兩個觀念。所以「火車」是一個詞。

　　另一個例子：「東南西北」的「東」字和「西」字，雖然表示方位時，「東」字和「西」字可以分開來用，是兩個詞。但是當我們說：「這個**東西**放哪裡？」這時候「東西」是用來代表物品，是一個觀念，所以是一個詞。

　　「桌子」、「石頭」、「花兒」、「什麼」、「吩咐」等，這些都是兩個字合起來的複音詞。「老頭子」、「冰淇淋」、「計程車」等，這些是三個字合起來的複音詞。「限時專送」、「公共汽車」、「三民主義」等，這些是四個字合起來的複音詞。

下面的例子，說明了**字**不等於**詞**：

> 例「我愛寫字。」
>
> 這句話有四個字，四個詞；我—愛—寫—字。
>
> 例「房子壞了，沒有修理。」
>
> 這句話有八個字，六個詞；房子—壞—了—沒—有—修理。

漢字，在書寫的時候，每一個字都可以分開寫，很容易讓人以為每一個字都能表達一個觀念。其實不是喔。

「字」只是書寫的最小單位，「詞」才是表達一個觀念的最小單位。

如何判斷一句話裡有幾個詞？

看那句話裡表達了幾個主要的觀念。

【單詞和複詞】

詞，可分成單音詞（單詞），和複音詞（複詞）兩種。

以前的文章，單詞多複詞少；現在的文章，單詞用得少，複詞反而用得越來越多。

這是因為一字一音的中文單詞，有時不能表達事物的完整概念。加上清代自從開啓海禁後，文化交流後有外國語進入中國，也產生了許多新詞，如：巧克力、咖啡、可可、摩托車、沙發⋯⋯。

中文字大約有五萬個，使用注音符號可以拼出一千三百一十二個音。可以想見，中文字有很多的同音字。而同一個字也可能包含好幾個定義，如果只用單詞來溝通，很容易讓人混淆不清。

例如「生」這個字，有「產生、發出、生存、生命、生活、生長⋯」的意思。如果溝通時只發出一個音「生ㄕㄥ」，意思比較廣泛，容易使人會錯意。所以在單詞上加一個字變成複詞，這樣不但可以把意思表達得更清楚，也使人容易區分。

生病　　　生氣　　　生長

複音詞可分為單純的以及合成的。例如：「葡萄、枇杷、玫瑰、蝴蝶、蜻蜓、鸚鵡⋯⋯」不能拆開，是單純複音詞，簡稱純複詞。又如「說話、看見、敏捷、文字、突然⋯⋯」，可以分開成詞的，叫合成複音詞，簡稱合複詞。

複詞的組成可分成幾種，舉例說明如下：

一、　採用意義相同、相似或相反的詞，拼合起來成為一個新詞。這種詞佔複詞的十之七、八。如：

　　　身體、街道、朋友……（兩詞意義相同）

　　　保護、休息、安全……（兩詞意義相似）

　　　東西、矛盾、橫豎、上下、左右、前後……（兩詞意義相對）

　　　厭恨、睡覺、命令、清潔、愚笨……（同類詞合併成一個詞）

二、　把一個詞當主體，附加另一個詞，組合成一個複詞。如：

　　　剪刀、玩具、臥室、搖椅……（名詞是主體，動詞是附加成分）

　　　瓦解、粉碎、囊括、蛇形……（動詞是主體，名詞是附加成分）

　　　溫泉、陽光、熱水瓶……（名詞是主體，形容詞是附加成分）

　　　瓦塊、紙張、個人、水泥包……（名詞帶量詞）

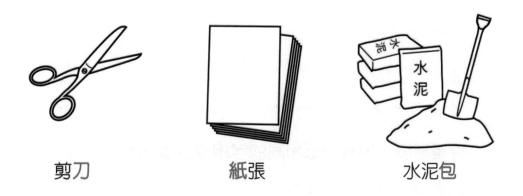

剪刀　　　　　　紙張　　　　　　水泥包

【括】ㄍㄨㄚ：包含；把各方面合在一起。例總括來說，這次的活動很成功。

【形】ㄒㄧㄥˊ：表現；顯示出來。例於是，故事就這樣形成了。

三、　第三種是把同音同義的單詞，疊合成複詞。這種重疊用法，是為了增加音節，使念起來方便，聽起來清晰。或是為了加強語氣。如：

　　花花、綠綠、飄飄、蕩蕩、真真、假假……（形容詞疊用）

　　跑跑、跳跳、走走、站站、坐坐、玩玩……（動詞疊用）

　　斷斷、續續、常常、個個、天天、樣樣……（用來表多數）

　　公公、婆婆、哥哥、姐姐、伯伯、爸爸……（用來表稱謂）

　　散散心、逛逛街、走走路、亮晶晶、鬧轟轟……（重疊其中一個詞，用來加強語氣）

　　這種複詞，有可以不疊的，有一定要疊的。疊字的詞如果用來修飾述語或其他詞時，大多要疊用。如：「**活活地**氣死、**活生生地**出現、**雄赳赳地**站著、……」如果不疊，意思就表達得不完全。

四、　第四種是為了要增加音節，使念起來鏗鏘，聽起來悅耳。

雙聲複詞：兩個聲母相同的字組成複詞

　　掙扎　ㄓㄥ　ㄓㄚˊ

　　推託　ㄊㄨㄟ　ㄊㄨㄛ

　　接近　ㄐㄧㄝ　ㄐㄧㄣˋ

　　相信　ㄒㄧㄤ　ㄒㄧㄣˋ……

疊韻複詞：兩個韻母相同的字組成的複詞

　　連環　ㄌㄧㄢˊ　ㄏㄨㄢˊ

　　荒唐　ㄏㄨㄤ　ㄊㄤˊ

　　逍遙　ㄒㄧㄠ　ㄧㄠˊ

　　燦爛　ㄘㄢˋ　ㄌㄢˋ

　　骯髒　ㄤ　ㄗㄤ……

五、　配音複詞，在前面或後面加上其他的詞，加上的詞，叫配音助
　　　詞。古時沒有這種詞，是近代的用法。

名詞後加「子、頭、兒」：

桌子、面子、罐頭、木頭、風兒、頭兒……

名詞前面加「阿、老」：

阿媽、阿兄、阿蘭、老王、老大、老婆……

代名詞後面加「兒」：

這兒、那兒

桌子

罐頭

【一句話裡有幾個詞？】

為什麼需要了解一句話裡有幾個詞？

「詞」是表達一個觀念的最小單位，而語言在使用上，是以「詞」為單位。當你能正確分辨出句子裡有幾個詞，你就能精準地接收對方的溝通。

這裡有一則笑話：

我有一次給客戶打電話，電話簿上面寫著韓國友經理，我以為客戶是韓國人。電話接通了，我說：「你好！請問是友經理嗎？」他說：「我姓韓。」（此笑話來自網路）

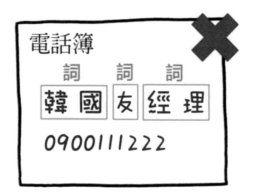

上面這個例子可以看到，若是錯誤地分辨「詞」，就會導致錯誤的了解。而正確地分辨「詞」，就能正確地接收想法。「字」不等於「詞」雖然是中文的特色，也容易讓人混淆不清。

分辨的方法就是：這幾個字一定要合起來使用嗎？

拆開來與合起來，表示相同的觀念嗎？

桌椅，是桌子加椅子。

是兩個詞。

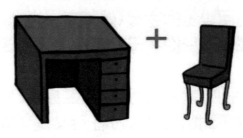

桌子　　椅子

斧頭，並不是斧子加頭，

這是一個詞。

斧子　　頭

斧頭

【文字的分類】

　　人類所使用的語言和文字，可分成兩大類：第一類是「表音文字」，這是一種表示**語音**的文字，也被稱為「拼音文字」。這種語言只使用少量的字母（如英文只有 26 個字母），以左右組合的方式來形成單詞；只從字母的組合就知道要怎麼**發音**。

　　例如蝙蝠飛行時，雙翅搧動時會發出一種「bat」（ㄅㄟˋ）的聲響，所以「bat」（ㄅㄟˋ）在英文是「蝙蝠」的意思。英文字母 b—a—t 發音（ㄅㄟˋ）[bæt]，傳遞了「蝙蝠」的概念。

　　英文、法文、德文、西班牙文等皆是**表音文字**。

　　另一類是「象形文字」也被稱為「表意文字」。這種文字是仿照物體的形狀所畫出來的圖形符號，從圖形就可以看出字的**含義**。

　　中國字（漢字）就是屬於表意文字，也有人說是「意音文字」，因為造字時大多採用一個合適的**意符**加**音符**來組成。（意符是傳達**意思**的符號，音符是代表**發音**的符號。）

　　一個中國字可能由幾個部分組成，像是聲旁和形旁；再加上中國字可以上下或左右組合成一個字，表達效率高。

　　在外國人看來，每一個漢字似乎都是一幅由線條所構成的不規則圖畫。但其實漢字的結構是很有規律、很有系統的。

【字母】ㄗˋ ㄇㄨˇ：拼音文字中，用來代表一個語音的符號。

[bæt]：英文 bat 的發音符號（音標）。

分類	表意文字	表音文字
別名	象形文字、意音文字	拼音文字
舉例	抗	**Lug** 中文解釋：用力拉，或用力扯
說明	「抗」： 　以"手"做形旁，"亢"作聲旁 抗 = 手 + 亢 抗= 手（手，動作）+ 亢（亢，掙扎） 表示用手的動作做掙扎反擊。	Lug 發音[lʌg]。字源含義是「以拉耳朵或扯頭髮的方式，將人用力拉過來。」 　因為拉的時候對方會發出「啊！」或「啦！」的聲音，所以用這個聲音來表示「用力拉扯」的意思。

目前這世界上，除了中文是「**表意文字**」，其餘的語言都是「**表音文字**」。

表音文字的特色是：只使用少量的字母，由字母組合成詞；從字母的組合就知道要怎麼**發音**。所以學習**表音文字**時，只要學會了如何發音，很容易就能用該種語言來交談。

表音文字（拼音文字）只要學會 1000 個詞，就能流利地口語交談；記憶了 3000 個詞幾乎能表達任何的想法。但是要讀懂各類文章百分之九十的內容，就需要認識大約 7000 個詞。

但是表音文字是由字母組合成詞，多一個字母少一個字母，或字母的排列錯誤，都可能被誤認成另一個詞。所以只認識一些數量的詞，雖然可以口語交談，卻不見得能輕鬆閱讀。

表意文字的特色是：從字的形體就能大約看出字的**含義**。

漢字約有 170 個形旁，1000 個聲旁，上下或左右都可以組合成字，表達效率高。也因為漢字的表達效率高，只要認識 3000 個字，不但能流利地與他人口語交談，也能輕鬆地閱讀和寫作。

表意文字對初學者來說並不容易上手，雖然中國字可以從字的形體上猜出字的涵義，卻不一定可以猜對字的發音。所以學中文要先學注音符號，學會了注音符號，知道如何發音，就能認識更多的字。

認識更多的字，在語言的接收和表達上，就會更豐富與精準。

【中文字有幾個音節？】

【音節】一ㄣ　ㄐㄧㄝˊ

定義：聽覺上最容易分辨出來的語音單位，也可以說是最自然的語音單位。

音節可以再細分成「音素」。音素才是最小的語音單位。例如「莊ㄓㄨㄤ」這個字，拼音ㄓㄨㄤ，有「ㄓ」「ㄨ」「ㄤ」三個音素。

中國字有一個特色，一個字只發一個音。所以中文是一種單音節語言。例如「葡萄」由兩個字組成，發兩個音。這一個詞有兩個音節。

一個觀念		
語言	中文	英文
詞	葡萄	grape
字形	葡　萄	g　r　a　p　e
幾個字（字母）組成	兩個字組成	五個字母組成
發音	ㄆㄨˊ　ㄊㄠˊ	[grep]
音節	兩個音節	一個音節

為什麼需要知道中文字有幾個音節？

所有的語言都是先有口語溝通，然後才有書面文字。所以學習一種語言，首先要先學會該語言是怎麼發音的。

換句話說，學習語言的第一步，就是要能夠複製那個「詞」的發音。

完成了第一步，就會進入了第二步：了解那個「詞」的意思。

中文的詞，並不是每一個字都是一個詞。單詞是一個音，複詞至少有兩個音。

以表意文字來說，**「詞」是表達一個觀念的最小單位**；以表音文字來說，使用字母的排列組合拼寫出來的**一種聲音（可以是一個音或好幾個音），這種聲音能代表一個想法、物體、行動等等。**（註）

知道這個詞有幾個字，有幾個音，都是用來幫助我們了解這個詞的意思。

【註】：
　　英文是「表音文字」的一種。英文裡，表達一個觀念的最小單位是 word。
　　換句話說，word 就是「詞」。

　Word 的定義：
　　使用字母的組合發出來的一種聲音（可以是一個音或好幾個音），這種聲音能代表一個想法、物體、行動等等。

【什麼是辭典？】

　　字，是書寫時的最小單位。用來介紹「字」的工具書稱為「字典」。字典能幫助你認識字，說明字的形體、發音、意義和用法。

　　為什麼我們常看到中文辭典而不是中文字典呢？因為語言的最小單位是「詞」。「辭」通「詞」。

　　辭典可以告訴你許多關於**字**與**詞**的事情。

　　「字」可能不只有一個定義。像「書」這個字有五個定義。

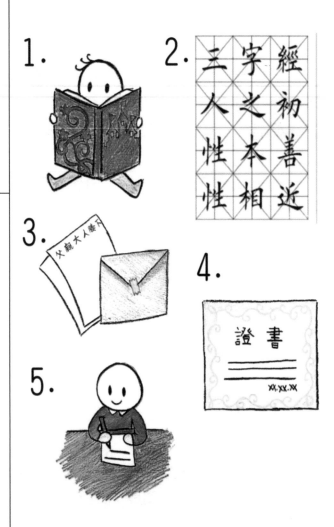

書

發音：　ㄕㄨ

定義：

①有文字或圖畫的冊子。
　　例故事書。

②字體。例楷書。

③信。例家書。

④文件。例證書。

⑤用筆寫字。例書寫。

　　因為一個「字」可能有許多定義，所以需要根據上下文找出合適的定義。例如：「這是我最喜歡的故事書。」合適的定義是定義①：有文字或圖畫的冊子。如果你使用定義③：信。你就會得到很困惑的想法。

　　了解「詞」的意義是很重要的。不知道「詞」的意思，或使用錯誤的定義，會使人困惑，無法繼續學習。而「誤解」之後往往會帶來很多不好的結果。所以當你遇到不瞭解的字或詞時，就使用字（辭）典來釐清誤解吧。

　　根據教育部公布的訊息，五六年級的學生應該認識 2200-2700 個字，七八九年級應該認識 3500-4500 個字。換句話說，當你認識了 3000 個字，你就具備了良好的閱讀能力。

　　你認識 3000 個字，並知道它們的意思嗎？

　　如果還不能，沒關係，一本好字典/辭典能幫助你。

【如何使用辭典？】

大多數的中文辭典都列有「部首查字表」，以及「注音查字表」，有的還會附上「總筆畫查字表」。

如果你知道字的部首，可以直接使用「部首查字表」。

如果你知道字的讀音，使用「注音查字表」速度最快。

如果你不知道部首，也不知道讀音，你還可以使用「總筆畫查字表」。

熟悉注音符號，或熟悉部首，都能夠幫助你很容易找到字。

注意，辭典也可能會給予錯誤的定義。辭典是由人寫出來的，編寫辭典的人也可能有不了解的字或詞。如果你手中的辭典查不到你要查的詞，那麼就查詢另一本辭典。

字(辭)典通常是正確的，它們只是幫助你學習的工具而已。

【瞭解字的來源】

現在通行的漢字，大部分都是由古代的漢字逐漸演變的。早在一千多年前，<u>漢字學家</u><u>許慎</u>，就根據字的結構做出總結，提出了「六書」的理論。

並不是先有六書的理論，再來創造漢字的。漢字是逐漸演變出來的。六書，只是針對漢字的結構以及演變的規律做出總結。

所謂「六書」，指的是象形、指事、會意、形聲、轉注、假借。前四種（指事、象形、會意、形聲）是文字的構造方法，後兩種（轉注和假借）是文字運用的方法。瞭解這些原則，可以輔助你更瞭解字的意義。

	簡單定義	舉例與說明
象形	好「象」可畫出「形」體。	如「牛」，最早的寫法是 Ψ，像一個牛頭的形狀。

	簡單定義	舉例與說明
指事	用記號「指」出「事」情的概念。	如「刃」，在「刀」的鋒面上方加一「點」指事符號，表示刀口。

	簡單定義	舉例與說明
會意	「會」拆字來組合成「意」思。	將兩個或兩個以上的文字，合成一個新字。如歪，由「不」和「正」合成一個新字「歪」，有「偏、斜」的意思。

	簡單定義	舉例與說明
形聲	拆字「形」成「聲」音。	結合**形符**（字的類型）和**聲符**（字的字音）來組成一個字。例如「湖」這個字，形符「**水**」，跟水有關，聲符「**胡**，發 ㄏㄨˊ」的音，「湖」是陸地上面積較大的水域。

	簡單定義	舉例與說明
轉注	(1)把一個字的原義，加以延伸，轉做別的意思。等於用原來的字，代替「另一個字」。 (2)不同的地區對同樣的事物有不同的稱呼，例如「爸」和「父」，不同的字卻是相同的意義。所以這兩個字可以互相解釋。	舉例： 「好」，原來指美好的女子，轉用來博得人家喜「好」之意。 「飲」、「喝」二字，本義相同，都有服用液體的意思。這兩字可以互為轉注。

	簡單定義	舉例與說明
假借	假借就是同音替代。有了口語的發音，卻沒有相對應的字。於是拿一個同音字或近音字來代替。 例如描述某人的表現很差勁，我們可以說「他的表現很ㄘㄞˋ」，「ㄘㄞˋ」的意思不好造字，於是借用「菜」字。「我的字寫得很菜」，這句話的「菜」字和「蔬菜」毫無關係，這就是運用假借的方法。	舉例： 「令」本義是「命令」。因為讀音與「縣令」之「令」相同。所以假借為「縣令」。 「驕」本義是「高六尺的馬」。因讀音與「驕傲」之「驕」相同。所以假借為「驕傲」。

【什麼是句子？】

如果甲有一個想法：「我擦窗戶。」

甲說：「擦」或「窗戶」，別人可能聽不懂甲要表達「我擦窗戶」的意思。

雖然剛開始的時候人們會使用單一個詞來溝通，例如說：「吃」。

最遠古的人，可能只說「啊、哇、打、跑、……」單一個詞，但是單一個詞的溝通方式，只有當場看到的人才聽得懂。

例如甲說：「追」。在場的人，看到了當然知道要「追什麼」；沒在場的人，怎麼知道是「追人」，還是「追動物」呢？

我們對嬰孩說話時也會使用單詞。像是說：「來！」或「站、走、去……」。有時我們也會配合手勢使用單詞，例如說「請！」，指出請人走的方向，或請人做某事。

不過只說出一個詞是不能稱為句子的。一個句子至少要有兩個詞。

人們開口說話是為了要說出一個「**什麼？**」——也就是**關於某事、某物、某情況的想法**。

「什麼」就是那句話的主體。主體可以是人、事或物。

如果只說出主體，例如說：「媽媽」，卻沒說出「媽媽」的任何事情，或是她做了什麼？這樣不是句子。

除了要有主體，還要描述主體「怎麼樣了」？

媽媽　笑了　。
主體　　動作

主體是媽媽，媽媽**做了**一個笑的**動作**，這是句子。

「男孩踢球」是一個句子，因為它傳遞了一個完全的意思；它告訴我們男孩在踢球。

男孩　踢球　。
主體　　動作

有一個主體，並描述出主體「在做什麼」「是什麼」「怎麼樣了？」，這樣能夠表達出一個完全的想法，有完全的意思，才是句子。

如果沒有這兩個部分，就算有許多詞連在一起，也不能稱為句子。

換句話說，句子就是幾個詞聯合起來，說明了「某事物在做什麼」、「某事物是什麼」、「某事物怎麼樣了」。

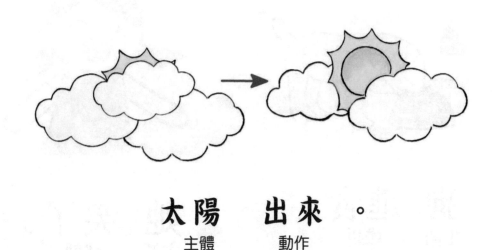

太陽　　出來　。
主體　　　動作

主體是太陽，太陽從雲後面露**出來**。這是句子。

【句子的主要成分】

幾個詞聯合起來，表達了一個完全意思，稱為句子。

一個句子至少要有兩個詞，但是兩個詞不一定會變成句子。

句子的主要成分，一定要有「主語」和「述語」。

用來描述主體的，稱為**主語**。用來描述主語「在做什麼」「是什麼」「怎麼樣了」的，稱為**述語**。

我　來了。→ 是一個句子。我是主體，說明我出現了。
主語　述語

水　流。→ 是一個句子。水是主體，說明水在流動。
主語　述語

狗　進食。
主語　述語

她　笑了。
主語　述語

罐子　破了。
主語　　述語

木頭　燃燒了。
主語　　述語

他　招手。
主語　述語

茶　是　燙的。
主語　述語

【短語】

**　　兩個以上的詞聯合起來沒有形成句子，就是「短語」，簡稱「語」。**

　　例如「長髮女孩」是兩個詞的聯合，「長髮」和「女孩」兩個詞合成一個短語。

女孩　　　　　　長髮

　　只說出主體，沒說出長髮女孩「怎麼樣了？」，主體永遠只是一個靜止的事物，沒有表現出「一種活動」。

　　例如：青山、綠水、紅桃、彩色的球、王大明的籃球、有彈性的球、⋯⋯，這種「詞的聯合」不是句子，是短語。

　　青山是一個短語，因為「青」和「山」這兩字不需要永遠連用，兩個詞合起來的意思是；山是青色的。所以「青山」是一個短語，不是一個詞。

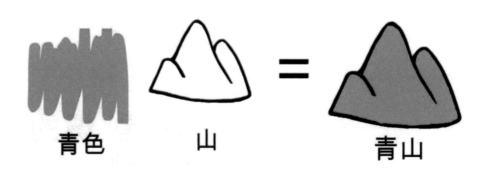

青色　　　　山　　＝　　青山

紅桃是一個短語，因為「紅」和「桃」這兩字也不需要永遠連用，這兩個詞合起來的意思是：桃子變紅了。所以「紅桃」是一個短語，不是一個詞。

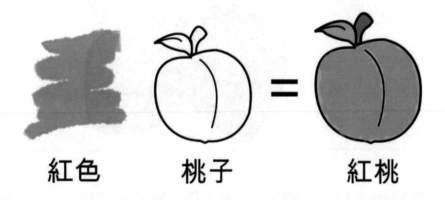

紅色　　　桃子　　　紅桃

「短語」是一種在結構上比詞大，比句子小的語言單位。

短語也有很長的，如「台北陽明山上的櫻花」，由「台北」「陽明山」「上」「的」「櫻花」五個詞聯合起來，也是一句**短語**。

台北　陽明山　上　的　櫻花 → 這是短語。
詞　　　詞　　　詞　詞　詞

句子必須有**主語**和**述語**。

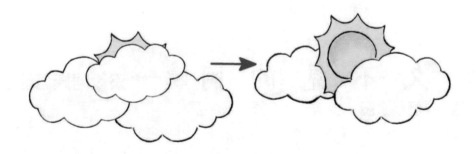

日　　出　　。 → 有主語，有述語，是一個句子。
主語　　述語

苗栗大湖的草莓　　紅極了。→ 是一個句子。
　　　主語　　　　　　　　述語

　　幾個詞聯合起來只要還不成句子，就是「短語」。下面都是短語的例子：

圓　桌　→ 有主語，沒有述語。
詞　詞

奔跑　的　羊　→ 有主語，沒有述語，沒說羊怎麼了？
詞　　詞　詞

冰　涼　的　汽水→ 有主語，沒述語，沒說汽水怎麼了？
詞　詞　詞　詞

好　久　不　見　的　阿姨→ 沒說阿姨怎麼了？
詞　詞　詞　詞　詞　詞

【什麼是主語？】

「詞」是語言上表達一個觀念的最小單位。

「兩個詞以上聯合起來，還沒有形成句子的」，稱為「語」。

完整的語言單位是「句」。

所以從最小到最大的語言單位是：詞、語、句。

語言單位	解釋與說明	舉例
詞	語言上表達一個觀念的最小單位。	花
語	兩個以上的詞聯合起來，還沒有形成句子。	美麗的花
句	詞的聯合能夠表達出一個完全意思。	美麗的花開了。

主語和述語不一定只是一個詞，主語和述語都可以由數個詞組合而成，由語組合成。中文的句子中，常常用「*語*」來描述，而不是「*詞*」。所以，不管主體是一個詞或一個語，統一都稱為**主語**，而不是主詞。

例如：

美麗的花　開了。
　主語　　　述語

這句話的**主體**是「美麗的花」，「美麗的花」是語，不是詞；**述語**是「開了」也是語。（「開」有綻放的意思，「了」有完成的意思。）

【什麼是述語？】

述語：句子中描述**主體**在「做什麼」「是什麼」「怎麼樣了」的**詞**或**語**。

「哥哥游泳」。主體是「哥哥」，哥哥做了「游泳」的動作。

哥哥　　　游泳。

（主語）　　（述語）

「小明是老師」。這句話中，主體「小明」不是在做「動作」，所以找不到描述「動作」的詞。這個句子是用來描述小明的「身分」，所以「是」為述語。

小明　　　是　　　老師。

（主語）　　（述語）

「桌子髒了」。「桌子」是主體，「髒」本來是用來形容的詞。這句話中，也找不到描述桌子做了什麼「動作」的詞。這個句子是用來描述桌子的「情況」，所以「髒了」由形容詞轉為述語。

桌子　　　髒了。

（主語）　　（述語）

中文的句子中，除了主語之外，另一個主要成分不是動詞，而是**述語**。

句子的主要成分：

【主語】：這句話裡的主體。 主體可以是人、事或物。	＋	【述語】：描述句子中的主體「在做什麼」「是什麼」「怎麼樣了」的詞、語。

【句子和短語的不同】

句子的主要成分是主語和述語。若缺了其中一種，就變成短語。

短語有兩種：一種有主語沒述語，另一種有述語沒主語。

有主語沒述語：例青山、綠水、紅桃、綠柳、明月、乘車的那個人、路上走的那條狗、……。

有述語沒主語：例滑雪、翱翔、蛇行、用功讀書、努力工作、……。

句子和短語的範例：

例 花　　落 。（句子）
　　主語　　述語

例 落下的花 （短語）
　　　　主語

例 我　割草。（句子）
　　主語　述語

例 割下來的雜草（短語）
　　　　　　　主語

例 我　買書。（句子）
　　主語　述語

例 我買的書（短語）
　　　　主語

例 **老牛 拉**車。(句子)
　　主語　　述語

例 **老牛拉的車**(短語)
　　　　　主語

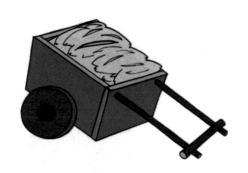

例 **露水 結成**霜。
　　主語　　述語

例 **冰涼的露水**
　　　主語

句子變短語：

例 花落。(句)→ 落下的花(語)

例 我買書。(句)→ 我買的書(語)

例 青天高。(句)→ 高高的青天(語)

例 老牛拉車。(句)→ 老牛拉的車(語)

例 露水結成霜。(句)→ 冰涼的露水(語)

例 他很認真工作。(句)→ 認真工作的他(語)

例 雷聲震耳。(句)→ 震耳的雷聲(語)

例 臺灣產西瓜。(句)→ 臺灣的西瓜(語)

例 那些人有孩子。(句)→ 有孩子的那些人(語)

例 這棵樹開了很多朵花。(句)→ 開了很多朵花的樹(語)

例 我曾經送同學一本書。(句)→ 我曾經送過一本書的那位同學(語)

【僅適用於對話】

對話的時候，有時省略了主語。

例如說：「來！」是叫「你來！」或是「你們來！」省略了主語。

驚惶之際，有時也省略述語。如大叫「火！」是說「火燒起來了！」。述語「燒起來」被省略了。

對話時，有時會省略主語，所以句子裡沒有主語。

【中文標點符號的由來】

標點符號，書寫或印刷時，採用的一套記號（或符號），使書面溝通進行得更清楚。

標點符號能幫助你理解文章的內容。

下面有一個故事可以說明，同樣一句話，但是標點符號擺放的位置不同，或是用不同的標點，整句話的意思就變得不一樣了。

從前有個人叫徐文長，有一次外出訪友，正是梅雨季節，天天都下雨，他只好一直住在朋友家裡。幾天過去了，朋友看徐文長沒有想要回家的意思，想趕他走又開不了口，於是寫了一張字條：下雨天留客天留我不留。

朋友心裡想：你這個徐文長看了字條，還好意思賴著不走嗎？當徐文長看到字條，心中默念：「下雨天留客，天留我不留。」他明白了主人的用意，但是對於朋友用這種使自己難堪的作法感到非常生氣。他仔細一看，字條沒有加標點，於是提筆加上標點，寫成：下雨天，留客天，留我不？留。

徐文長沒有改任何一個字，卻把意思完全改變了。主人見了反而臉紅了。所以，正確的使用標點符號，可以使人了解你要表達的意思。

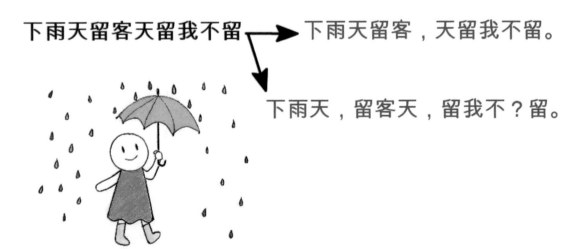

下雨天留客天留我不留 ➜ 下雨天留客，天留我不留。

下雨天，留客天，留我不？留。

中國古代文書，一般不加標點符號。

民國初年，胡適等人，以古代舊式標點符號（句讀號ㄐㄩˋ ㄉㄡˋ ㄏㄠˋ）為基礎，吸收西方標點符號的意思，擬訂出「新式標點符號」。並開始極力鼓吹，制訂統一的標點符號。

民國9年，在上海經營一家小出版社的汪原放，採用新式標點以及把文章分出段落的形式，整理出版了《水滸傳》。這是中國第一次使用標點符號出版古典書籍。

標點符號的使用，對中國的白話文推廣起了很大的作用。

目前新式標點符號的用法，是根據民國76年教育部發布的《重訂標點符號手冊》而來的。

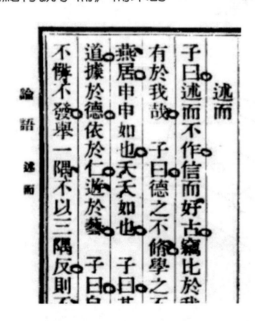

←左圖為「句讀」的圖示

【句讀】ㄐㄩˋ　ㄉㄡˋ：
　　古人指文章休止處和停頓處。文章中語意完足的稱為「句」，語意未完可稍微停頓的稱為「讀」。在紙上用圈和點來標記。

【白話文】ㄅㄞˊ　ㄏㄨㄚˋ　ㄨㄣˊ：
　　以口語為基礎的書面語言。主要是用來和文言文做比對。

句號　。

　　句號的圖形是一個小圓圈，看起來就像是已經表達出一個完整的意義。句號用在敘述句的後面，表示這句話已經說明完畢。

更多示例：

例 學校已經放假了。

例 暑假的時候，我們全家一起去澎湖玩了五天。

弟弟正在睡覺。

逗號　，

逗號的圖形是句號中拉出一小撇，這一小撇有稍微逗留的意思。
逗號用在：

1. 為了讓意思表達更清楚，用逗號將句子分開成兩部分。

   例 他喜歡游泳，所以臉曬得黑黑的。

   例 注意，聽一下廣播在說什麼！

   例 明天就要考試了，你還想去野餐！

2. 用在稱呼之後。

   例 老師，我有一個問題要問您。

3. 逗號可用來分隔大的數字。

$$1,000,000$$

逗號　　　　　　逗號

這群男孩們，有的在游泳，有的在玩球。

頓號 、

　　頓號的寫法是稍稍頓一下的樣子，若是用毛筆寫，只要將筆尖在紙上停一下，這也表示出這個符號的特性，表示語氣上最短暫的停頓。頓號用在：

1.用來分開句子中連著使用的同一種詞類。

　　例 紙、指南針、印刷術和火藥都是中國人發明的。

　　例 我的書包裏有課本、鉛筆盒、水彩和水彩筆。

2.用在數目字後面，表示依照順序來說明。

> **標點符號有：**
>
> 一、逗號（，）
> 二、句號（。）
> 三、頓號（、）
> 四、

他有鉛筆、原子筆、紙和書。

分號 ；

　　分號是由句號和逗號合成的，所以具有逗號和句號的功能。上面是句號，下面是逗號，表示前面的句子已經完成，但是後面的句子又跟前面有關係。於是兩個獨立的句子，當彼此之間有相互的關聯時，就可以使用分號。

　　分號用在兩個或兩個以上的句子時，後面的句子可用來加強前面的句子，使句子更完整。

例　花是紅的，草是綠的；花是嬌豔的，草是迷人的。（並列句）

例　如果遇到好天氣，我們可以到戶外打籃球；如果遇到下雨天，我們可以在室內玩桌球。（對比句）

例　我們要常常檢討自己，糾正自己的缺點；否則這些缺點，就會成為自己的敵人。（兩個句子，下句含有轉折的意思）

小美比較細心，可以做澆花的工作；
阿山很有力氣，可以做挖土的工作；
城城比較熟悉植物，可以做除草的工作。

冒號：

冒號是由兩個小圓點合成的。冒號的用法：

1. 用在下文中有列舉的人、事、物時。

   例 讀書的時候，應該注意四件事：眼到、口到、手到、心到。

   例 媽媽交代我買的東西有：蘋果、汽水、麵包、衛生紙。

2. 用在引句的前面，表示後面接著要提引的句子。

   例 俗語說：「一年之計在於春，一日之計在於晨。」

3. 用在書信的稱呼後面，以及「某某人說」後面。

   例 親愛的老師：教師節快樂！

   例 媽媽說：「吃飯囉！」

4. 在寫時間的時候，冒號使用在時與分之間。

   12:25 （12 點 25 分）
   冒號

問號　？

問號使用在表示疑問、發問、反問的語氣結尾。

問號（？）和驚嘆號（！）都有包括一個句號，因此這兩個符號都有句號的作用，可放在句子尾部。

例你從哪裡來？

例貓咪跑到哪裡去了？

例晚餐吃什麼？

例下雨了嗎？

驚嘆號　！

　　驚嘆號用來表示強烈的情感，如興奮、堅定、憤怒、嘆息、驚奇、請求或祝福等。

更多示例：

例 我終於成功了！（興奮）

例 這件工作，只許成功，不許失敗！（堅定）

例 這種忘恩負義的人，我恨不得揍他一頓！（憤怒）

例 唉，還有什麼辦法呢！（嘆息）

例 天哪！我中獎了！（驚奇）

例 你就做做好人，幫個忙吧！（請求）

引號 「 」『 』" " ' '

（後面這兩種是英文的引號）

引號的用法：

1. 直接引用別人的話或文字。例媽媽說：「回家後把功課拿出來寫。」

2. 專有名詞。例你聽過「愚公移山」的寓言故事嗎？

3. 特別強調。例對於他的一番「好意」，我看你還是小心一點。

4. 引號有兩種：「」叫單引號，『』叫雙引號。一般都用單引號，如果引號中還要用到引號的話，就用雙引號。

   例爺爺常說：「做人要腳踏實地，『一步一腳印』才是處事的原則。」

   單引號 ' ' 和雙引號 " "，兩者意思一樣。這兩種是英文的引號，也常有人使用在中文的句子中。附加的其他用法如下：

5. 表示具有特殊意義。例這張照片說明了一些 "事實"。

6. 用於文章的標題、書的章節、歌名或詩名。例 "春曉" 是孟浩然寫的一首詩。

夾注號 （　）〔　〕 ── ──（上下的直線，都各占兩格）

（　）與 〔　〕這兩個符號，在中文的標點符號上稱為夾注號。但在數學上則稱為括號。

1-1. 在句子中做更多說明：或是增加更多訊息到一個詞上。

例 民國三十四年（西元一九四五年），台灣光復了！

例 這些花（玫瑰花）好美。

1-2. 如果要說明上面詞句的意思，並可以和下面詞句語氣連貫，通常用── ──：例 元宵節──也稱上元節、燈節──除了提燈籠，也會吃湯圓。

玩具虎貓(虎皮貓)：
和老虎長得很像，性格溫順，是寵物貓。

2. 單括號可用在數字或字母後，把所要陳述的事情分開。

例 他們看到桌上有：
1) 書
2) 盤子
3) 杯子

破折號 ── （一直線，占兩格）

破折號的用法：

1. 用於語意的轉變。例 車子開了一小時，終於抵達目的地──九族文化村。

2. 當語氣或聲音要延伸時。例 「噹──噹──噹──」鐘聲響，下課時間到了。

3. 時間的起止。例 晚上六點──七點，是晚餐時間。

4. 空間的起止。例 台中──高雄的車要開了，請乘客趕快上車。

5. 代替夾註號。例 詩仙──李白，號青蓮居士。

每天晚上八點──九點，是我們家的親子共讀時間。

8:00

9:00

刪節號 …… （共有六點，占兩格）

刪節號的用法：

1. 文章中省略的部分，用刪節號表示還有很多的意思。

    例 人魚公主、灰姑娘、小飛俠……都是我喜歡的童話故事。

    例 我喜歡的食物有：麵包、餅乾、牛奶……。

2. 意思尚未說完，用刪節號代替沒完的部分。

    例 班長說：「等一下如果老師還沒進教室，我們就……」他
    話還沒說完，老師就進教室了。

3. 聲音的延續。

    例 「噹！噹！噹……」下課鐘聲響了。

4. 刪節號的用途跟「等」或「等等」差不多，刪節號和「等等」
    不要同時用，以免重複。如果要省略很多的文字，可連用兩
    個刪節號(共十二點)。

我閒暇時喜歡彈琴、跳舞、唱歌……。

書名號 ～～～ 《 》〈 〉 （左邊三種都是書名號）

　　直寫的時候，書名號用在書名、篇名、歌曲名、報章雜誌名、影劇名等的左側。橫寫的時候，書名號用在文字的下面。

　　《 》多用於書名，〈 〉多用於篇名。直寫的時候標示在書名的上下，橫寫的時候標示在書名的前後。

　　更多範例：

書名+篇名：例莊子 逍遙遊

歌曲名：例台灣民謠專輯 望春風

報章雜誌名：例本地的報紙有中央日報、聯合報、中國時報等等。

影劇名：例《臥虎藏龍》（電影）

　　　　　例《放眼天下》（電視節目）

我喜歡愛的教育這本書。

我昨天看了《臥虎藏龍》這部電影。

我喜歡《愛的教育》這本書。

私名號（又稱專名號）＿＿＿

直寫的時候，私名號畫在人名、族名、國名、時代名、地名、建築名、學派名、機構名、山川湖泊名稱的左側。橫寫的時候，畫在文字的下面。

人名：<u>孫中山</u>先生、民族英雄<u>鄭成功</u>

族名：<u>印地安族</u>、<u>阿美族</u>

國名：<u>中華民國</u>、<u>英國</u>

地名：<u>臺北市</u>、<u>香港</u>、<u>北歐</u>、<u>東南亞</u>、<u>閩南語</u>

路線名：<u>橫貫公路</u>、<u>中山高速公路</u>、<u>南京東路</u>、<u>中日航線</u>

機構名：<u>教育部</u>、<u>國立台灣大學</u>、<u>創世基金會</u>

學派名：<u>桐城派</u>、<u>儒家</u>、<u>墨家</u>、<u>道家</u>、<u>佛家</u>

建築名：<u>石門水庫</u>、<u>萬里長城</u>、<u>狄斯耐樂園</u>

時代名：<u>春秋</u>、<u>戰國</u>、<u>漢朝</u>、<u>貞觀</u>(表年號)

山川、湖泊：<u>阿里山</u>、<u>喜馬拉雅山</u>、<u>日月潭</u>、<u>濁水溪</u>

<u>愛因斯坦</u>是一位科學家。

<u>愛因斯坦</u>是一位科學家。

【學派】ㄒㄩㄝˊ ㄆㄞˋ：
　　學術上的流派：出自於同一師門且學術觀點相同所形成的派別；或以某一民族，某一問題為研究對象，來形成具有特色的一個學術群體，同樣可稱為"學派"。

音界號　‧

音界號的用法：

1. 外國人的名字翻譯成中文時，音界號放在姓和名字中間。

   例 已逝歌手麥克‧傑克遜的太空舞步，會永遠流傳下去。（麥克是名；傑克遜是姓）

2. 運用國字來書寫小數時，用音界號『分隔整數與小數』。

   例 妹妹的體重是三十二‧五公斤。

我的鄰居威爾‧史密斯先生

【什麼是文法？】

有些人用枯燥或艱深的方式教文法，讓文法看起來像是一堆不重要的規則，或是讓人以為學文法只是為了通過考試。

其實，文法一點都不枯燥乏味也不艱難。

「文法」的解釋如下：

【文法】：

詞與詞之間排列組合的規則稱為文法。人們同意使用這些規則，使詞與詞的結合能達成有意義的交流。

中文的句子是由幾個詞組成的，但不是幾個詞隨便湊在一起，就能成為一個句子。如果擺錯位置，多寫幾個字或少寫幾個字，都可能造成截然不同的意思。

這裡有一個例子：

他不懂文法，所以別人不了解他。

他懂文法，所以別人了解他。

油漆工人不懂文法，這給他帶來了麻煩。

把詞錯誤地組合在一起的人，在生活中會有一大堆的麻煩。他們有麻煩的原因是因為別人無法了解他們的意思。

寫文章、說話都是為了表達自己的想法。使用大家可以理解的方式，把詞結合在一起才能有溝通。

文法，是詞跟詞之間排列組合的規則，人們同意這個規則，所以才能達成有意義的交流。

使用正確的文法可以跟另一個人溝通我們的想法，也能清楚地瞭解別人的想法。

懂文法，了解正確的國語使用規則，你能正確地閱讀，聽懂別人的話；別人也能聽懂你的話。

不懂文法，以上幾點你都不可能做到。

恭喜你！

你已經完成中文基礎文法第一單元

接下來，你會學到：

- 九種詞類的前兩種。

- 重新擁有學習的主導權。

- 修復過去「填鴨式教育」所產生的僵化式思維模式。

- 「懶惰」、「遲緩」、「麻煩製造者」、「做事馬虎的人」或是「粗心大意」…這些現象，並不是與生俱來，而是後天造成的。你將了解這些現象的形成原因以及解決方法。

- 更能集中精神，有專注力。

- 更好的溝通能力、更快速的學習能力。

第二單元

【什麼是詞類？】

語言是以「詞」為單位。

在語言的組織上，做著不同工作的詞，就是「詞類」。（詞類也稱為**詞品**）例如：

小明　　搬　　盒子。
名詞　　動詞　　名詞

「小明」是人名，是名詞。「盒子」是物品的名稱，也是名詞。

「搬」是動作的表現，是動詞。

詞類共有九種，接下來我們會逐一說明各種詞類的用法。

【什麼是句法？】

句法是「一個完全思想」在言語中表示的方法。在句法上：

小明　　搬　　盒子。
主語　　述語　　賓語

幾個詞（或短語）集合起來成為句子，其中每個詞都代表著一個觀念；要研究句子中各個觀念是如何被連結起來，需要把句子拆解成「句的成分」。研究「句子的成分」就是在研究「句子是如何組織起來的方法」，簡稱「句法」。

中文的詞類，在詞本身上無法完全辨別（從字的形體上看不出詞性），必須看它在句子中的位置、職務，才能認定這一個詞是屬於何種詞類。

譬如「人」這個字，一看就知道是一個名詞。但「人」有時也當作形容詞用，例如「人參」或「人魚」。

又如「面」字當名詞時，是「臉」的意思。但也可以當動詞用，有「朝向、面對的意思」，如「面壁思過」。

另一個字「跑」，這個字很明顯是一個動詞。但在「我喜歡慢跑」的句子中，「跑」字已經變成了名詞。

由此可見，在中文裡，要判斷詞類，只能從句子中的位置與職務來判斷。所以這是中文文法和西方文法一個大不相同的點。

瞭解詞類，你會更清楚明白句子要表達什麼意思。因為**在言語的組織上，做著不同工作的詞，就是「詞類」**。

【賓語】ㄅㄧㄣ　ㄩˇ：
　　在句法中，承受主語的動作者。如：我買菜，菜是賓語。

【人參】ㄖㄣˊ　ㄕㄣ：
　　植物名。能夠生存超過 2 年以上，成熟後每年開花的多年生草本植物。主根肥大，形狀像人，因而得名。根和葉都可入藥，有滋補作用。

史上最簡單易懂的國語文法書　中文基礎文法（上冊）

名詞

【何謂名詞？】

名詞是我們所談論事物名稱。可以是人名、地名或事物名。

春嬌
名詞

男人
名詞

老師
名詞

學生
名詞

島
名詞

城市
名詞

槌子
名詞

想法
名詞

愛情
名詞

丹麥
名詞

國家
名詞

證書
名詞

名詞是事物的名稱，用來表示實際存在的事物。

例如：「橋」、「太陽花」。

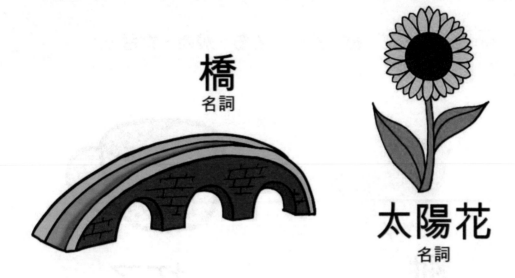

橋
名詞

太陽花
名詞

代名詞是代替名詞的。

例 **我　過橋**。「我」是代替說話者的姓名。
　代名詞，

例 **那　是太陽花。**
　代名詞

「那」代替說話時，指著長在土地上，那株黃色的、有向光性，
會隨著太陽而轉動的花。

什麼是**實體詞**？

實體表示「實際存在」的事物。名詞和代名詞都是**實體詞**。

【普通名詞】為一般事物的名稱。可分成三種：

普通名詞-1：有形體可以指出來、有數量可以計算的物體名稱。

例 人、鳥、花、樹、杯子、太陽、飛機、女兒…

雞
普通名詞

杯子
普通名詞

女兒
普通名詞

飛機
普通名詞

【形體】ㄒㄧㄥˊ ㄊㄧˇ；形狀，身體的外貌。

普通名詞-2：

　　是一切物質和材料的名稱；雖然有形體可以指出來，但是本身卻沒有數量可以計算，若是要計算它們，要靠一些器具來測量，才能表示出數量。如「一"杯"水」「兩"桶"油」「三"袋"米」「五"包"麵粉」等。

例 水、油、布、麵粉、米、空氣、木材…

水
普通名詞

油
普通名詞

米
普通名詞

麵粉
普通名詞

【物質】ㄨˋ　ㄓˊ：
　　具有重量，在空間中占有位置，並能憑感官而知其存在的，稱為物質。

普通名詞-3：

表示集合的，聚集多個單一個體的集合體名稱；雖然有數量可以數，但不一定都有形體可以被指出來。

例 家、國、社會、民族、軍隊、馬匹、森林、聯盟…

【社會】ㄕㄜˋ　ㄏㄨㄟˋ：由人所形成的集合體。例 這個社會有各種人。

【馬匹】ㄇㄚˇ　ㄆㄧ：馬的統稱。例 從前的戰爭，馬匹是重要的資源。

【聯盟】ㄌㄧㄢˊ　ㄇㄥˊ：
兩個或兩個以上的團體，因利害關係或共同目的而結成盟約，形成組織，稱為聯盟。例 在強敵面前，兩鄰的小國容易形成聯盟，互相幫助。

【抽象名詞】

有一類名詞，沒有實際的形體可以指出來或觸摸；也沒有數量可以計算。不是在談論事物的實體，而是在講它的性質、動作或功用，變成一種事物的名稱，這就是抽象名詞。可分成三種：

抽象名詞-1；指無形的事物。

例 他的 *道德* 很高，*精神* 也充足。

例 他的 *才華* 有目共睹。

例 我們要為自己設定 *目標* 。

例 願我們的 *友誼* 長存。

友誼
抽象名詞

【抽象】ㄔㄡ ㄒㄧㄤˋ：

具體的相反。不明確，不詳細，或是很難想像出來。例 這話太抽象了，能不能再說得具體一點？

【具體】ㄐㄩˋ ㄊㄧˇ：

有實體存在，細節明確（與「抽象」相對）。例 只有空想，而沒有具體行動，夢想是無法成真的。

【無形】ㄨˊ ㄒㄧㄥˊ：

沒有形狀可言。抽象而不具形體。例 肇事逃逸後，他在良心上飽受無形的煎熬。

抽象名詞-2：指事物的「性質」和「狀態」。

例 *貧窮* 不要緊，只要能耐得了 *苦*。

例 你不要為 *聰明* 所誤。

例 *絢爛* 之後，歸於 *平淡*。

抽象名詞-3：指人或事的「動作」。

例 *戰爭* 快完結了。

例 *博愛* 與 *互助*，他不但有這種 *思想*，還能實踐在他的 *行為*，變成他的 *習慣*。

例 *自由* 不是建立在別人的痛苦之上。

【性質】ㄒㄧㄥˋ　ㄓˊ：
　　事物本身所具備的特質。例 這兩件事性質完全不同，不可混為一談。

【狀態】ㄓㄨㄤˋ　ㄊㄞˋ：
　　情況；表現出來的樣子。例 病人的身體狀態不好，需要有人隨時照料。

【動作】ㄉㄨㄥˋ　ㄗㄨㄛˋ：舉動；行為。例 他整理床鋪的動作非常快速。

【專有名詞】是某人或某物所專用的名稱。有六種：

專有名詞-1，人名：

例 *孔丘*、*孟子*、*王大明*、*周杰倫*

大家好！
我叫王大明
　　　　專有名詞

專有名詞-2，特有團體名：

例 *教育部*、*中正國小*、*台灣大學*

台灣大學
　專有名詞

專有名詞-3，地名：

例 *亞洲*、*玉山*、*倫敦*、*台北*

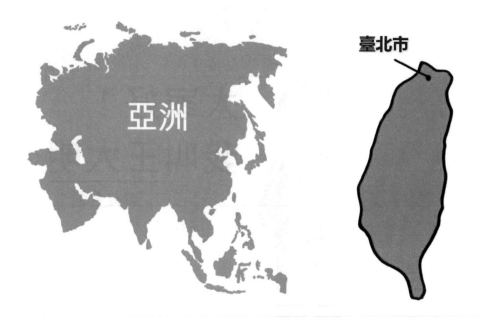

【倫敦】ㄌㄨㄣˊ ㄉㄨㄣ：城市名，為<u>英國</u>的首都。例我去過倫敦。

專有名詞-4，國家種族名：

例 *中華民國*、*德國*、*愛斯基摩人*、*阿美族*

愛斯基摩人
專有名詞

阿美族
專有名詞

【愛斯基摩人】ㄞˋ ㄙ ㄐㄧ ㄇㄛˊ ㄖㄣˊ：
北極地區的土著民族，身材短小，穿獸衣，多數會養狗來駕駛雪橇。

專有名詞-5，時代名：

例 *唐朝*、*清代道光朝*

唐朝服飾
專有名詞

清朝服飾
專有名詞

【唐朝】ㄊㄤˊ ㄔㄠˊ：
　　朝代名。由唐高祖李淵所建立，經二百八十九年後滅亡。

【道光】ㄉㄠˋ ㄍㄨㄤ：清朝道光帝在位的期間。（西元 1821～1850）

專有名詞-6，書名、篇名：

例 *論語、中國時報、天龍八部*

【論語】ㄌㄨㄣˊ ㄩˇ：
　　書名。記載孔子應答弟子、當時的人以及弟子之間互相問答的言論。內
　　容包含道德修養、行為規範、立身處世等。

【天龍八部】ㄊㄧㄢ ㄌㄨㄥˊ ㄅㄚ ㄅㄨˋ：
　　書名。作家金庸的一部長篇武俠小說。

【量詞】

表示數量的名詞，添加在**數字**之後，作為所計算物品的單位。

分為三種：

量詞-1：用一種單一個體的普通名詞，來表示另一個物品的數量。

例 *碗、杯、桶、包、壺、瓶等。*

可作為水、油、麵粉等東西的量詞，與數字結合成為「一杯水」或「水一杯」…等。

【單位】ㄉㄢ　ㄨㄟˋ：
計量數量的標準，比如「秒」是計量時間的單位，「克」是計算質量的單位等。例 計算蘋果的單位是「顆」。

量詞-2：這種量詞是專門用來表示數量的名稱，也是一切度量衡的單位。

例 *尺、寸、升、斤、兩等。*

但其中還有兩個區別：

1. 尺、升、斗、籃等，可以是物體名，也可以用來表數量。

2. 寸、斤、兩等只是名稱，不是物體；它們的職權只是在表示物品的數量。

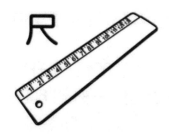

尺，除了是一種測量工具，也是長度單位。

台灣常用的 1 尺是指 1 台尺 = 0.30303 公尺。台尺的制度是日據時代訂下的，所以 1 台尺=1 日尺。丈量布匹、木材、門窗等都以尺為單位。

1 呎（英尺）= 0.30480 公尺 =30.48 公分。 1 呎與 1 尺 的差異為 1.77mm（公釐），十分微小。

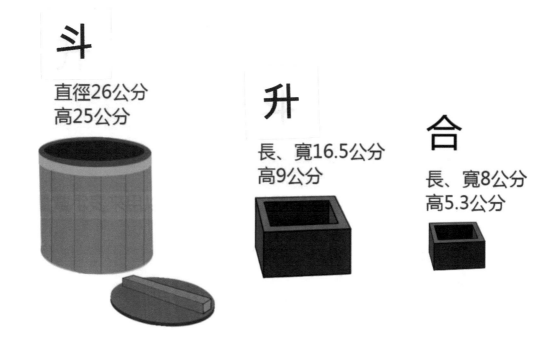

升、斗，在古代是測糧食的工具，也是一種容積單位。

升在國際單位制中是以 L 來表示，1L=1000ml（毫升）。在<u>秦漢時</u>代，一升約 180-220 毫升，至<u>隨唐遼宋</u>時期，一升約 600-660 毫升，明朝約為 1000 毫升。

現在的度量衡制度是 1 升 = 1公升，1 斗 = 10 公升。

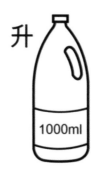

「升」和「斗」是古時的容積單位，因為以前買賣五穀都是用容積來計算。但是現在的做法是換算成重量來販售，1 斗 = 6.9 公斤（包裝成小包約為 40*29*7cm）。

10 勺 = 1 合，10 合 = 1 升，10 升 = 1 斗

【常被混淆的「尺」與「寸」】

中國古代就有「尺」這種衡量長度的工具，所以「尺」這種長度單位也從古代就沿用下來。那麼以前的 1 尺等於多少公分呢？

現在的制度是一公尺等於三市尺（簡稱尺），1 公尺=100 公分，所以 1 尺=33.33 公分。

寸也是從古代就沿用下來的長度單位。中國固有的度量衡，長度全部採用十進位，如 1 丈 = 10 尺，1 尺 = 10 寸，1 寸 = 10 分。但是這種古制目前已經沒有人使用，而是使用「英寸」（一英寸 = 2.54 公分），所以現代「寸」通常指英寸。

在我國古代不同的朝代，尺的標準長度都不一樣。古書中常描述有七尺或八尺男兒，如果按現在的公式換算，身高八尺就是 267 公分，這樣的身高很難以想像。其實按三國時期的尺碼換算，身高八尺就是 189 公分左右，因為當時的 1 尺相等於現在的 24.2 公分。

下面列出不同朝代的尺碼換算，供大家參考：

商朝　　　：1 尺 = 現今的 16.95 公分；
周、秦朝：1 尺 = 現今的 23.1 公分；
漢朝　　　：1 尺 = 現今的 23.75 公分；
三國　　　：1 尺 = 現今的 24.2 公分；
南朝　　　：1 尺 = 現今的 25.8 公分；
隨朝　　　：1 尺 = 現今的 29.6 公分；
唐朝　　　：1 尺 = 現今的 30.7 公分；
宋、元朝：1 尺 = 現今的 31.68 公分；
明清時期：1 尺 = 現今的 31.1 公分；
現代　　　：1 尺 = 33.33 公分；
若是英呎，1 英呎=12 英寸=30.48 公分

長度的公制單位如下表：

台灣用	公里	公引	公丈	公尺	公寸	公分	公釐
大陸用	千米	百米	十米	米	分米	厘米	毫米
換算	0.001	0.01	0.1	1	10	100	1000

度量衡有分公制和台制，台制是台灣普遍採用的度量衡制度。台灣民間仍留著一些不同於公制的度量衡單位。例如「台斤」是清朝時全國各地所使用的「斤」。 1895 年台灣割讓給日本，日本人推行公制，但台灣人仍然沿襲自己的習慣，繼續使用舊有的度量衡。當中國大陸也不再使用清朝的舊制時，台灣使用的舊制度量衡，就變成所謂的「台制」了。

質量的公制單位如下表：

台灣用	公噸	公擔	公斗	公斤	公兩	公錢	公克
換算	0.001	0.01	0.1	1	10	100	1000

其他常用的重量換算：

1 台斤 = 600 公克 = 16 台兩 = 160 錢，1 錢=3.75 公克。

日本斤和台灣斤一樣，是 600 公克；大陸採用市斤，一市斤=500 公克。

1 英鎊 = 0.454 公斤 = 16 盎司，1 盎司 = 28.34 公克。

香港、澳門與東南亞的斤 = 1 又 1/3 英磅 =約為 605 公克。

量詞-3：這種量詞，既非物體，又非專門稱呼，大都是從名詞轉變而成的。

例 *個、隻、朵、棵、匹等，*

這種量詞的變化雖多，卻有一定的習慣用法；

例如「人」必稱 "幾個" 而不可稱 "幾隻"；

「花」必稱 "幾朵" 而不可稱為 "幾個"；

「馬」必稱 "幾匹" 而不可成為 "幾頭"。

一匹馬　　一朵花

【習慣用法】ㄒㄧˊ ㄍㄨㄢˋ ㄩㄥˋ ㄈㄚˇ：
　　　長期養成的使用方法。例我們說：「下雨了。」而不是「雨下了。」這
　　　是習慣用法。

　　這些分別，主要是因為習慣用法而形成的，大部分會隨著事物的形體、性質、功能而定。

　　狹長形的物體多稱作"幾條"，如鞭子、褲子、魚等。

　　形容平面的物體多稱作 "幾張"，如紙、皮革、桌子等。

　　有人主張把這種量詞看作形容詞。雖然它們是形容詞的性質，但根據第一種量詞、第二種量詞、第三種量詞的說明來看，口語或寫作時用法都一樣；既然第一種量詞與第二種量詞是屬於普通名詞，那第三種量詞也就附在名詞這個類別來說明。

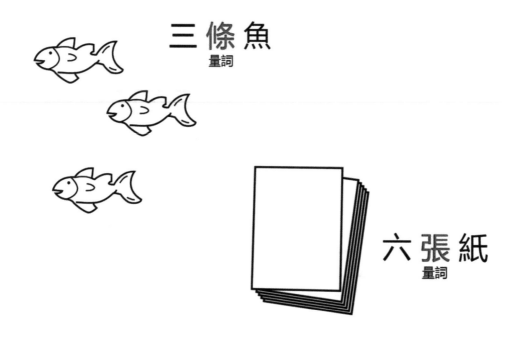

【狹長】ㄒㄧㄚˊ　ㄔㄤˊ：窄小而長。例背包的背帶是狹長的。

【平面】ㄆㄧㄥˊ　ㄇㄧㄢˋ：
　　平坦沒有高低凹凸的表面。例鋪上磁磚的地板是平面的。

【功能】ㄍㄨㄥ　ㄋㄥˊ：
　　事物或行為所產生的功用和效能。例這種機器經改良後，功能更多，效果更好。

兩 張 椅子
量詞

五 片 葉子
量詞

一 把 剪刀
量詞

三 杯 飲料
量詞

四 個 積木
量詞

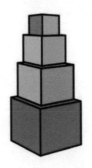

七 滴 水
量詞

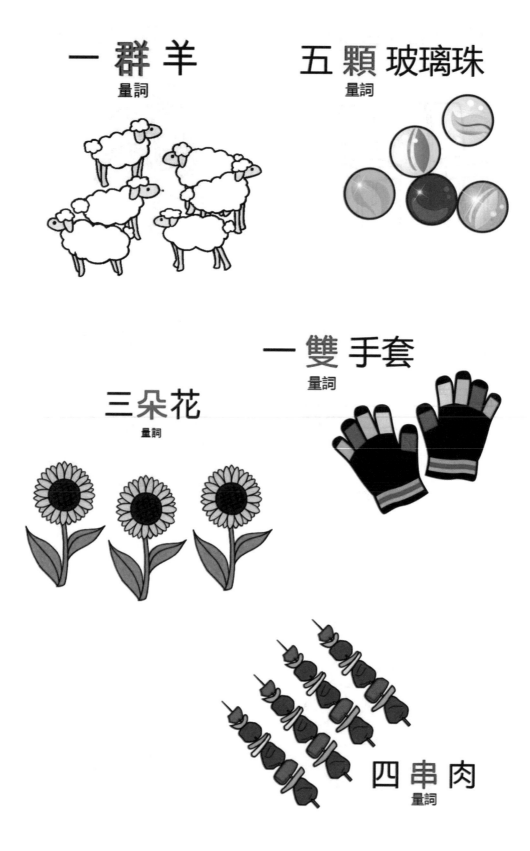

一群羊
量詞

五顆玻璃珠
量詞

一雙手套
量詞

三朵花
量詞

四串肉
量詞

【名詞的總結】

「名詞」的分類，總結如下：

第一種、普通名詞

1. 有形體可以指出來、有數量可以計算的物體名稱。

2. 一切物質和材料的名稱。採用測量的器具來計算它們。

3. 表示集合的，聚集多個單一個體的集合體名稱。

第二種、抽象名詞

1. 無形的事物。

2. 事物的性質和狀態。

3. 人或事的動作。

第三種、專有名詞

1. 人名

2. 特有團體名

3. 地名

4. 國家種族名

5. 時代名

6. 書名、篇名

第四種、量詞

【名詞在句子中所扮演的角色？】

我們開口說話，是為了要說出一個「**什麼？**」——也就是**關於某事、某物、某情況的想法**。

「什麼」就是說話時句子裡的主體，可以是人、事或物。

主體就是句子裡面的**主語**。換句話說，**主語**通常是一個**名詞**。

例 **時間**過得真快。（「時間」是主語。）

例 **甘蔗**可以榨糖。（「甘蔗」是主語。）

例 **桌子**髒了。（「桌子」是主語。）

例 **玫瑰花**開了。（「玫瑰花」是主語。）

單句的主要成分：主語＋述語

述語：用來描述主語「在做什麼？」「是什麼？」「怎麼樣了？」的詞、語。述語，常是動詞。

（主語）	（述語）
日	出。
黃河上的**鐵橋**	要**完工**了。
男孩	**跑步**。
我的**爸爸**	辛苦地**工作**。
美麗的**房子**	**蓋**好了。

你有注意到嗎？主語通常是一個名詞。

代名詞

【何謂代名詞？】代名詞是用來代替名詞的。

她
代名詞

這
代名詞

這些
代名詞

那些
代名詞

【代名詞】ㄉㄞˋ　ㄇㄧㄥˊ　ㄘˊ：用來代替名詞的詞。

那個
代名詞

這個
代名詞

誰
代名詞

什麼
代名詞

代名詞用來代表你正談論的人、事或物，所以你不需要說出它們的名稱。

例如，你不必說：「我想要那些蘋果。」而是說說：「我想要那些。」那些就代替了蘋果。

代名詞分成幾種，有一種叫做「指示代名詞」。

指示的意思是「指出」。

指示代名詞指出句子中提到的名詞，並代替了名詞。

你不必說：「把箱子給我」而是說：「把那個給我」。在句子中，「那個」就代替了「箱子」這個名詞。

你不必說：「把箱子給我」而是說：「把那個給我」。在句子中，「那個」就代替了「箱子」這個名詞。

有一些代名詞，可以用來代替說話者的名字。

或是代替談話對象的名字。

凡是代替人類名稱的，稱為人稱代名詞。

用來代替不知道的事物，稱為疑問代名詞。

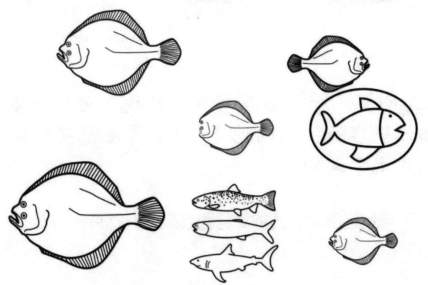

【代名詞的作用是什麼？】

代名詞是用來代替**名詞、語、句**。

代名詞的作用，和名詞一樣，是實體詞的一種。

【為什麼需要代名詞？】

下面這段話，如果不用代名詞，句子必須這樣描述：

陳志明買了一本愛麗絲夢遊仙境，陳志明將愛麗絲夢遊仙境放在一個陳志明很容易找到的地方。所以當陳志明想要閱讀愛麗絲夢遊仙境時，就可以馬上拿到愛麗絲夢遊仙境。

使用代名詞後，句子可以是這樣：

陳志明買了一本愛麗絲夢遊仙境，他把這本書放在一個他很容易找到的地方。所以當他想要閱讀它時，就可以馬上拿到它。

如果不用代名詞，我們的語言聽起來會很冗長。

【人稱代名詞】代替人類的名稱。可細分為五：

1.**自稱**，表示說話的人談論自己的事。

我、我們、吾、余…

例 *我*過橋。（*我*是代替說話者的名字。）

例 *我*開車。

例 *我*打電話。

例 *我*想家了。

例 *我們*念同一所學校。

例 *我*早上睡過頭了。

例 *吾*一人足已。

例 *余*一自幼喜靜不喜動。

例 *我們*說好要一起去環島旅行。

【吾】ㄨˊ：我，表第一人稱。例 吾今年已有七十歲。

【余】ㄩˊ：我，表第一人稱。例 余憶童稚時，能張目對日，明察秋毫。

【更多的人稱代名詞】

雖然有逐漸刪除的趨勢，但仍有許多代名詞流行於社交語言中。

自稱（大多為謙稱）：*在下、小弟、兄弟、鄙人、哥、姐、小妹…*

例 如*在下*有做得不好的地方，請多包涵。

例 是*小弟*的疏忽，你的損失*小弟*會負責到底。

例 這件事，*兄弟*替你辦。

例 依*鄙人*之見，你已鑄成大錯。

例 誠摯地邀請你參加*鄙人*所舉辦的宴會，歡迎大駕光臨。

例 你的位子，*大哥*幫你安排。

例 *哥*原諒你了。

例 *姐*幫你出氣！

例 *小妹*給您倒酒。

她說：「**姐** 就是美！」
自稱

【在下】ㄗㄞˋ ㄒㄧㄚˋ：

稱自己處於卑下的職位。後多用作自稱的謙詞。例 在下失禮了。

【鄙人】ㄅㄧˇ ㄖㄣˊ：

住在偏遠、鄉野的人，因見識不廣，後來大多作為自己的謙稱。例 鄙人感激不盡。

【人稱代名詞】代替人類的名稱。可細分為五：

2. **對稱**，代替聽話者的名字。

　　你、你們、爾、汝…

　　例 *你*來了。

　　例 *你*先坐下。

　　例 *你*喝口水。

　　例 *你*準備好了嗎？

　　例 *你*寫錯字了。

　　例 *你們*不要笑他。

　　例 *你們*今天住在這裡嗎？

　　例 *爾*乃庸俗之人。

　　例 *汝*勿謀殺。

【爾】ㄦˇ：第二人稱代名詞，相當於「你」。例 爾是誰？為何在這裡？

【汝】ㄖㄨˇ：第二人稱代名詞，相當於「你」。例 汝不可崇拜金錢。

【更多的人稱代名詞】雖然有逐漸刪除的趨勢，但仍有許多代名詞流行於社交語言中。

對稱（大多為尊稱）：

先生、老哥、老兄、閣下、君、公、諸位、列位…

例 *先生*，請問需要買什麼？

例 *先生*，請就座。

例 *老哥*，這裡不讓停車。

例 *老哥*，你可來了。

例 *老兄*，你說話真是一針見血啊！

例 *閣下*不會忘了我們的約定吧！

例 聽*君*一席話，勝讀十年書。

例 這是我的一片心意，恩*公*請不要拒絕。

例 *諸位*遠道而來，先休息一下。

例 *列位*都是這方面的專家，請多多指教。

【閣下】ㄍㄜˊ ㄒㄧㄚˋ：

本來是對顯貴者的敬稱，後來廣泛用於對人的敬稱。例 閣下真是太客氣了。

【君】ㄐㄩㄣ：對男士的尊稱。例 張君是一位心胸寬廣的人。

【諸位】ㄓㄨ ㄨㄟˋ：各位。例 諸位請留步，在下有話要說。

【列位】ㄌㄧㄝˋ ㄨㄟˋ：各位、諸君。例 這次活動，多謝列位參與討論。

【人稱代名詞】代替人類的名稱。可細分為五：

3.他稱，說話者稱呼除了自己和聽話者以外的人。

他、他們、她、彼、伊、它、牠⋯

他稱有分男性、女性，它與牠是屬於中性。

例 *他*很高。

例 *他*很壯。

例 *她*有長長的金髮。

例 *他*忘了帶錢包。

例 *她們*喜歡逛街。

例 *牠*是一隻可愛的貓咪。

例 知己知*彼*，百戰百勝。

例 *他們*都是國中生。

她
代名詞

【彼】ㄅㄧˇ：第三人稱代名詞，他。例 知己知彼，才能百戰百勝。

【伊】ㄧ：
　　第三人稱代名詞，即「他」、「她」或「那個人」。但在使用中伊以指女性居多。例 衣帶漸寬終不悔，為伊消得人憔悴。

【它】ㄊㄚ：
　　第三人稱代名詞，指人、動物以外的事物。例 他拆了窗戶，把它洗乾淨。

【牠】ㄊㄚ：用於動物的代名詞。例 我收養牠的時候，牠還只是一隻小狗。

【更多的人稱代名詞】

雖然有逐漸刪除的趨勢，但仍有許多代名詞流行於社交語言中。

他稱（可用為特定或不特定的第三人稱）：

這位、那位、這幾位、那幾位

例 *這位*看起來很面熟，應該以前見過面。

例 *這位*是最近我最崇拜的作家。

例 *那位*可是大明星啊！

例 *那*是你的朋友嗎？

例 *這幾位*都是我的高中同學。

例 *這幾位*都是青年才俊。

例 *那幾位*是他的粉絲，經常出現在他家附近。

例 *那幾位*都是社區工作者，主要協助獨居老人的生活。

這幾位
代名詞

【更多的人稱代名詞】 雖然有逐漸刪除的趨勢，但仍有許多代名詞流行於社交語言中。

（用來專指特定的某人）：

令尊、令堂、家父、家母、小兒、令弟、賤內…

例 請代我向令尊問安。

例 令堂今年有七十歲了吧。

例 家父一直很掛念你。

例 家父和家母今天不在家。

例 是小兒太調皮了。

例 令弟在哪讀書？

例 我和賤內打算去日本玩。

【令尊】ㄌㄧㄥˋ　ㄗㄨㄣ：尊稱對方的父親。 例 令尊在家嗎？

【令堂】ㄌㄧㄥˋ　ㄊㄤˊ：尊稱對方的母親。 例 令堂這麼做也是為你好。

【賤內】ㄐㄧㄢˋ　ㄋㄟˋ：
謙稱自己的妻子。 例 這件事關係重大，我要和賤內商量。

【人稱代名詞】代替人類的名稱。可細分為五：

4.**統稱**，包含*自稱*與*對稱*兩方面，或者並且包含*他稱*。

大家、彼此、咱們…

例 *大家*都很開心。

例 *大家*互相幫助。

例 天氣熱，*大家*都躲在家裡吹冷氣。

例 *彼此*互相幫助。

例 我們*彼此*了解對方的需求。

例 他們兩人合不來，*彼此*排斥對方。

例 *咱們*一起去玩。

例 *咱們*明天不見不散。

大家
代名詞

【大家】ㄉㄚˋ ㄐㄧㄚ：指某一個群體內的人。例 大家一起來唱歌。

【彼此】ㄅㄧˇ ㄘˇ：那個和這個；雙方。例 他們深信彼此會永遠相愛。

【人稱代名詞】代替人類的名稱。可細分為五：

5. **複稱**（複合的人稱代名詞），也叫做反身代名詞。

自己（親自、親身）…複稱的用法是把代名詞連用，。

例　*我*　*自己*　送他到車站。
　　代名詞　代名詞

例 這是 *老闆*　*自己*　釀的酸梅。
　　　　名詞　　代名詞

例 我 *親身* 體會讀書的重要。

例 這是我 *自己* 泡的咖啡。

例 我 *自己* 選的禮物。

例 我 *親自* 載你去車站。

例 我 *自己* 也不想吃。

例 你 *自己* 想清楚。

例 他 *自己* 也忘記這件事了。

例 老闆要你 *親自* 跑一趟銀行。

【咱們】ㄗㄢˊ・ㄇㄣ：我們。例 咱們一起去爬山吧！

【自己】ㄗˋ ㄐㄧˇ：
　本身；自身；代替人或事物本身。通常用來再一次指出前面的名詞或代名詞。例 他常常自己一個人在房裡聽音樂。

「咱們」和「我們」有什麼不同？

「我們」是包括說話者自己在內的一群人。例如：一年一班的老師對一年一班的同學們說：「**我們**明天要爬山。」句子裡的「我們」包括老師和全體一年一班的同學。

但如果是一年一班的老師對一年二班的老師和同學說：「**我們**明天要去爬山。你們呢？」句子裡的「我們」只包括一年一班的老師和同學，並不包括一年二班的老師和同學。

「咱們」是說話者和聽話者的總稱。同樣是上面的情景，不論是一年一班老師或一年二班老師對全體同學說：「**咱們**明天去爬山。」「咱們」都表示兩個班的全體同學和老師。意思就是：「明天我們去爬山，你們要一起去嗎？咱們一塊兒去。」

也就是說，如果包括談話的對方，就用「咱們」，不包括談話的對方就用「我們」。

【人稱代名詞的總結】 用來代替人類的名稱。

人稱代名詞		單數	複數
(1)自稱		我、吾、余、在下、小弟……	我們、吾輩、吾等……
(2)對稱		你、汝、您、爾……	你們、汝等、爾輩……
(3)他稱	男性	他、彼、其、先生、君……	他們、彼等、諸位、列位……
	女性	她、伊	她們、伊等
	通性	他、彼、其	他們、彼等
	中性	牠、它、祂	牠們、它們
(4)統稱		大家、咱們、彼此……	
(5)複稱		我自己、我親身、你自己、他自己、……	

上表列出一些常見的人稱代名詞，並不是所有的人稱代名詞。

【吾輩】ㄨˊ ㄅㄟˋ：我們。 例 吾輩當自強。

【吾等】ㄨˊ ㄉㄥˇ：我們。 例 吾等恐將軍不識路，特來帶路。
　　（等：表示同一輩分的多數人。如：我等、爾等。）

【指示代名詞】 用來代替說話者所指出來的事物的詞。

指示代名詞指出你所談論的人、事、物，而不需要使用他們的名稱。有四種：

指示代名詞-1：近稱 通常用來稱呼眼前比較近的事物。

這、這個、這些、此 —— 指事物或人。

例 *這*好吃。

例 *這個*沒電了。

例 *這些*好美喔！

這樣 —— 專指事。

例 *這樣*好看嗎？

例 *這樣*可以嗎？

例 *這樣*會漏水嗎？

這裡、*這兒* —— 專指地方。

例 *這裡*是理髮院。

例 *這兒*有地方可以坐著休息！

這裡 是理髮院。
代名詞

例 小心！*這兒*有大便。

小心！**這兒**有大便。
代名詞

【指示代名詞】　用來代替說話者所指出來的事物的詞。

指示代名詞指出你所談論的人、事、物，而不需要使用他們的名稱。有四種：

指示代名詞-2：遠稱

稱呼比較遠的事物，也可以指眼前的，但意思上是指比較遠的。

那、那個 —— 指事物或人。

例 *那*給你。

例 *那*是我買的。

例 *那個*飛走了。

那些 —— 指事物或人。

例 *那些*都是我同學。

例 *那些*都是椰子樹。

那樣 —— 專指事。

例 如果我能滿載而歸，*那樣*我就開心了。

例 如果我能有一台電腦，*那樣*我就開心了。

那裡、*那兒* —— 專指地方。

例 *那裡*有好多人。

例 *那裡*有師傅現場做麵包耶！

那裡有師傅現場做麵包！
代名詞

例 *那兒*有籃球場。

例 *那兒*有棵蘋果樹。

那兒有籃球場。
代名詞

【指示代名詞】　用來代替說話者所指出來的事物的詞。

指示代名詞指出你所談論的人、事、物，而不需要使用他們的名稱。有四種：

指示代名詞-3：承前稱

所有的代名詞，都可以用為**承前稱**（**承**接前面所提到**名稱**【名詞】），也就是用代名詞來代替前文中已經說過或見過的事物。

使用代名詞"它"來舉例，這種"它"字，可用來指一切事與物。

例 玫瑰花開了，它有很好的香氣，它的顏色也不一樣。我們不要折它，因為這個院子被它點綴得很美。（它用來代替玫瑰花）

例 工作的問題是一本好書，很多人都喜歡它。（它用來代替工作的問題）

例 芒果冰，*它*是我最愛的冰品。（*它*用來代替芒果冰）

芒果冰，**它** 是我最愛的冰品。
代名詞

例 愛因斯坦，*他*是一位科學家。（*他*用來代替愛因斯坦）

例 李白，字太白，號青蓮居士。*他*是唐朝的詩人，有詩仙之稱。
　　（*他*用來代替李白）

愛因斯坦，**他** 是一位科學家。
代名詞

【指示代名詞】 用來代替說話者所指出來的事物的詞。

指示代名詞指出你所談論的人、事、物，而不需要使用他們的名稱。有四種：

指示代名詞-4：不定稱

指不明確、非特定的事物。**不定稱**是指代替這類不明確事物的代名詞。再分成兩項：

a.泛指一般：*誰、什麼*

（使用疑問代名詞在句子中，不是疑問句，也不使用問號）

例 這公園，不論是*誰*，都可以進去。

【誰】ㄕㄟˊ：
　　代名詞：(1) 什麼人，表疑問。例 誰在敲門啊？
　　　　　　(2) 任何人。例 這種常識誰都知道。

【什麼】ㄕㄣˊ・ㄇㄜ：
　　1. 代名詞，代替不特定的人、事、物等。例 他在做什麼？
　　2. 用在名詞前，用來形容名詞的。例 什麼人、什麼事

例 這件衣服，*誰*喜歡，*誰*拿走。

這件衣服，**誰**喜歡，**誰**拿走。
代名詞　　　　　　　　　代名詞

例 想*什麼*，說*什麼*；說*什麼*，寫*什麼*。

想**什麼**，說**什麼**；說**什麼**，寫**什麼**。
代名詞　　　　代名詞　　　　代名詞　　　　代名詞

指示代名詞-4：不定稱

指不明確、非特定的事物。不定稱是用來代替這類不明確事物的名稱。再分成兩項：

b. **把事物分別做出陳述**（因為沒有指出特定的名稱，所以被歸為不定稱）：

有的、

有些（專指複數）…

例 動物園裡的動物，*有的*動物兇猛，*有的*動物溫馴，*有的*動物在走動，*有的*動物在睡覺。

（上面這個例句，當我們把 *有的* 後面的名稱省略，使用 *有的* 來代替後面的名稱，*有的* 就成了指示代名詞的**不定稱**。）

例 動物園裡的動物，*有的*兇猛，*有的*溫馴，*有的*在走動，*有的*在睡覺。

動物園

例 不是所有的樹在冬天都會掉葉子，*有些*會，*有些*不會。

不是所有的樹在冬天都會掉葉子，
有些會，**有些**不會。
　代名詞　　　　代名詞

例 這些玻璃珠，*有些*大，*有些*小。

這些玻璃珠，**有些**大，**有些**小。
　　　　　代名詞　　　　代名詞

【指示代名詞】的總結

　　用來代替說話者所指的事物。指示代名詞用來指出你在談論的人事物，而不使用它們的名稱。

(1)近稱	單數	*這、這個、此* —— 指事物或人。
	複數	*這些、這些個* —— 指事物或人。
		這樣、這般 —— 專指事
		這裡、這兒 —— 專指地方
(2)遠稱	單數	*那、那個* —— 指事物或人
	複數	*那些、那些個* —— 指事物或人。
		那樣、那般 —— 專指事。
		那裡、那兒 —— 專指地方。
(3)承前稱		一切的代名詞，都可以用為**承前稱**。
(4)不定稱	泛指一般	**誰、什麼**—— 使用疑問代名詞，卻不是疑問句。
	分別陳述	有的 有些（專指複數）

【咦！指示代名詞怎麼變成了形容詞？】

　　指示代名詞的**近稱**和**遠稱**，後面如果添加名詞，就會變成「形容詞」。只有**專指地方**的指示代名詞，不管後面是否添加名詞，永遠都是指示代名詞。（因為形容詞是用來形容名詞的，當後面有了名詞，就會變成形容詞）

例1　*那裡*　很美。
　　　指示代名詞

例2　*那裡*　的　人　很善良。
　　　指示代名詞　　名詞

例3　我喜歡　*這個*。
　　　　　　指示代名詞

例4　我喜歡　*這個*　人　。
　　　　　　指示形容詞　名詞

例5　我要買　*這個*。
　　　　　　指示代名詞

例6　我要買　*這個*　蘋果　。
　　　　　　指示形容詞　名詞

例7　*那個*　好美！
　　　指示代名詞

例8　*那個*　水晶球　好美！
　　　指示形容詞　名詞

【人稱代名詞也可以兼作指示代名詞！】

　　人稱代名詞的〔統稱〕〔複稱〕兩種，也可以兼作**指示代名詞**，並不限於只當作**人稱代名詞**。

例 1　這兩人，*彼此* 互相幫助。
　　　　　　　　人稱代名詞

例 2　這兩個國家，*彼此* 互相幫助。
　　　　　　　　　　指示代名詞（代替兩個國家）

例 3　你要好好照顧*自己*，不要熬夜不睡。
　　　　　　　　　　人稱代名詞

例 4　瓶子不會*自己* 倒下來。
　　　　　　　　指示代名詞（代替瓶子）

例 5　這款全自動的機器人，是我們公司*自己*發明的。
　　　　　　　　　　　　　　　　指示代名詞（代替公司）

【把「量詞」當作「代名詞」來使用】

有時候，句子裡會省略名詞，

例 這一盆（　　）是我自己種的菊花。

　（　　）裡的**菊花**兩字被省略。

例 那些最美麗的（　　　），總是開得太遠了。

　（　　）裡的**花**字被省略。

但是這個被省略的名詞，如「菊花」、「花」，不管是在前面或後面，總是要在句子裡出現一次。如果沒有出現，就是習慣上已經將量詞當成固定的代名詞。

例如：他們幾*位*（長官）都來了。

→他們幾*位*都來了。

（　　）裡的**長官**兩字被省略。「*位*」字直接代替所尊稱的人（長官），所以就省略了後面的名詞（長官）。

代名詞裡的「這*個*」、「那*個*」等的 "*個*" 字，就是如此構成的。

好幾 **封** 一起來。
代名詞

很多**個**都碎了。
代名詞

把量詞當作代名詞的例句：

例 這件多少錢？

例 請把那張拿給我。

例 這裡的建築物，每一棟都是他的。

例 我喜歡那朵。

例 你要喝哪杯？

例 這杯給你，你喝吧。

【聯接代名詞】白話文中，聯接代名詞只有兩個：*的*、*所*

「*的*」字的用法：

「*的*」字有一個很特別的用法：只要在名詞後面加上一個「*的*」字。就可以把名詞轉變成形容詞。例如「地板」加上「*的*」字變成「地板*的*」，「*地板的*」就是一個形容詞。例 *地板的* 污漬很明顯。

這種「的」字，還可以省略被形容的*名詞*，所以「的」字也兼具有「代名詞」的功能。

例 1：「來的 人 是誰？」
　　　　　　名詞

你可以省略名詞「人」字，只說「來的是誰？」。

例 2：「打虎的 人 來了。」
　　　　　　名詞

你也可以省略「人」字，只說「打虎的來了」。

例 1、2 的句子中「的」字都指人，「的」字變成「人」的代替品。

【形容詞】ㄒㄧㄥˊ ㄖㄨㄥˊ ㄘˊ：
　　　形容事物的形態、性質的詞，必附加於名詞上，如「高山」中的「高」、「溫暖的春天」中的「溫暖」，都是形容詞。

【的】˙ㄉㄜ：
　　1. 置於形容詞後。例 美麗的風景、聰明的小孩
　　2. 置於名詞或代名詞後，表示所屬、所有的關係。例 我的書、太陽的光

「的」字的用法：

更多的例句：

例3 你看見了賣花的**人**嗎？→你看見了賣花的嗎？
　　　　　　　名詞

例4 膽大的**人**不怕死？→膽大的不怕死？
　　　　　名詞

例5 小明最喜歡的**人**是誰？→小明最喜歡的是誰？
　　　　　　　名詞

例6 在中國，西湖可算是風景最優美的**地方**。
　　　　　　　　　　　　　　　　　名詞

　　　→在中國，西湖可算是風景最優美的。

例7 這些都是從花店裡買來的**花**。
　　　　　　　　　　　　名詞

　　　→這些都是從花店裡買來的。

例8 令人擔憂的**事**就是花都養不活。
　　　　　　　名詞

　　　→令人擔憂*的*就是花都養不活。

　　「的」字，一方面代替名詞，一方面聯接前面的形容詞，所以國語中這個「的」字，**兼有代名詞作用，成了聯接代名詞**。

「所」字的用法：

「所」字與「的」字常一起用，兩字互相配合，但是「所」字所代表的涵意是可有可無，沒有「的」字那麼重要。

例如：

例①「我現在所住」的房子還不壞。

例②「剛才我所買」的花是桂花。

例①②句中的所字，都可以刪，因為刪了所字意思還是一樣。這種用法是古語的遺跡，口語中已經用得很少了。雖然習慣上常常脫口而出，但不是非它不可。

「所」字的另一種用法：

例③據我所知，這計畫恐怕行不通。

例④難道他們對於剛剛發生的事都一無所知嗎？

例③④這兩句，若把所字刪除，就不成句了。

例③，「我所知」是「我所知道的情形」的省略用法，和例①的用法一樣，「我所知道的」是一個形容語，用來形容「情形」；但是「情形」這個名詞被省略了。

「我所知道的情形」省略後成為「我所知道的」，的字兼作代名詞。如果的字又省去了，這個代名詞的責任就跑到所字身上了。這其實是一種「歷史的」用法，也就是沿用古語的用法。

【所】ㄙㄨㄛˇ：
指示代名詞，放在動詞前面，表示動作達到的事物。例曰有所思、我所愛、我所住

從例①②和例③④歸納起來，可得到「*所*」*字的兩種原則*：

一、「*所*」字常用在形容語裡。

形容語是（將完全的句子當形容詞用），例①②「 」內的部分就是形容語。這種「*所*」字可有可無，因為刪了「*所*」字意思還是一樣的。

例① 我現在所住*的* 房子 很舒服。
　　　 形容語　　　　 名詞

例② 剛才我所買*的* 花 是桂花。
　　　 形容語　　　 名詞

二、「*所*」字後面有一部分常被省略，所以「*所*」字兼作代名詞。

例 這個人是我*所*愛（ 的人）。（省略「的人」）

例 這棟房子是我*所*住（ 的房子）。（省略「的房子」）

例 這真是前*所*未聞（ 的事情）。（省略「的事情」）

因此，只要句子中有一個「所」字，便可以斷定它所關連的那一部分必定是一個形容語（子句或短語），「所」字的最大作用，在表示子句或短語的存在。

例④的「一無*所*知」是一句熟語。若不把「無」字當述語，而是把「知」當述語，那麼，很明顯可以看出「*所*」字就是代名詞——承前稱的指示代名詞。

【熟語】ㄕㄨˊ ㄩˇ：經過人群長期沿用，已經固定使用的一種用語或文句。

【子句】ㄗˇ ㄐㄩˋ：
子句就是大句子中的小句子，它具有句子的基本成份（「主語」和「述語」）。但是它只是整個句子中的一小部分，因此稱為子句。

【疑問代名詞】用來代替所不知道的人、地方、或事物。

誰、那個 ㄋㄚˇㄍㄜˋ、*什麼、那裡、（那兒）*

誰 ——專指人。

例 *誰*來了？

例 穿黑色衣服的人是*誰*？

那個 ——兼指物。

例 你喜歡*那個* ？

例 *那個*有特價？

【疑問代名詞】用來代替所不知道的人、地方、或事物。

誰、那個 ㄋㄚˇ ㄍㄜˋ *、什麼、那裡、（那兒）*

什麼 ── 專指事物。

例 你要買*什麼*？

例 Ａ 套餐有包含*什麼*？

那裡、（那兒） ── 專指地方。

例 羊在*那裡*？

例 你家在*那裡*？

【疑問代名詞的總結】

疑問代名詞用來代替所不知道的人、地方、或事物。

疑問代名詞	用法
誰？	專指人
那個？	可指人、事、物
什麼？	專指事物
那裡（那裏）？ 那兒？	專指地方

「*那*」字，有三項應該注意的事：

(1) 疑問代名詞有「*那個* ㄋㄚˇ ㄍㄜˋ」、「*那裡* ㄋㄚˇ ㄌㄧˇ」，
指示代名詞也有「*那個* ㄋㄚˋ ㄍㄜˋ」、「*那裡* ㄋㄚˋ ㄌㄧˇ」；
*那*字都是相同的。但是疑問代名詞的*那* 讀三聲ㄋㄚˇ，指
示代名詞的*那* 讀四聲ㄋㄚˋ。

　　不過現代用字，也會將疑問的「*那*」改寫成「*哪*」。

(2) 「*那個*ㄋㄚˇ ㄍㄜˋ」是從多數的人或物中，選擇其中一個
的疑問詞。如：你最愛*那個？*

(3) 從詞類上來說，「*個*」「*些*」都是「量詞」。無論是什麼名詞，
只需將它的量詞，添加上一個「*那* ㄋㄚˇ」字，便成了它
的疑問代名詞，如：

　　指人：*那*位？（疑問代名詞）

　　指書：*那*本？（疑問代名詞）

　　指花：*那*朵？（疑問代名詞）

【容易搞混的**疑問代名詞**與**疑問形容詞**】

疑問代名詞的「*什麼*」，若是放在名詞之前，就變成了疑問形容詞，而不是代名詞。

例1 你剛剛說 *什麼*？
　　　　　　　疑問代名詞（後面沒有名詞，是代名詞）

例2 你要買 *什麼*？
　　　　　　疑問代名詞（後面沒有名詞，是代名詞）

例3 你想要買　*什麼*　　東西？
　　　　　　　疑問形容詞　　名詞

例4　*什麼*　　花　這麼貴？一朵花要 500 元。
　　疑問形容詞　名詞

例5　你最喜歡玩　　*什麼*　　遊戲？
　　　　　　　　疑問形容詞　　名詞

例6　*什麼*　風　把你吹來了？
　　疑問形容詞　名詞

【代名詞的總結】

「代名詞」的分類，總結如下，總共分成四種：

第一種、人稱代名詞

　　　　　　　　1. 自稱

　　　　　　　　2. 對稱

　　　　　　　　3. 他稱

　　　　　　　　4. 統稱

　　　　　　　　5. 複稱

第二種、指示代名詞

　　　　　　　　1. 近稱

　　　　　　　　2. 遠稱

　　　　　　　　3. 承前稱

　　　　　　　　4. 不定稱

第三種、聯接代名詞

第四種、疑問代名詞

　　如果沒有代名詞，你所提到的每一個東西，都必須用該物品的名稱來描述，你的句子會變得非常冗長。

　　我叫做陳平安，我有六個好朋友：<u>小花</u>、<u>大寶</u>、<u>美美</u>、<u>佳佳</u>、<u>小琪</u>和<u>阿正</u>。<u>平安</u>、<u>小花</u>、<u>大寶</u>、<u>美美</u>、<u>佳佳</u>、<u>小琪</u>和<u>阿正</u>都是鄰居，所以<u>平安</u>、<u>小花</u>、<u>大寶</u>、<u>美美</u>、<u>佳佳</u>、<u>小琪</u>和<u>阿正</u>常常下課後一起去打球。

　　代名詞可以使文章簡潔，說話方便。

　　我叫做陳平安，我有六個好朋友。有<u>小花</u>、<u>大寶</u>、<u>美美</u>、<u>佳佳</u>、<u>小琪</u>和<u>阿正</u>。我們都是鄰居，所以我們常常下課後一起去打球。

恭喜你！

你已經完成中文基礎文法第二單元

在第三單元，你將會學到各種「形容詞」的用法。趕快開始吧。

第三單元

形容詞

【修飾詞】

「修飾」是什麼意思？修飾是整理裝飾。

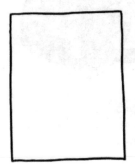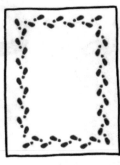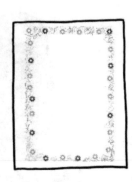

在第一張白紙上，裝飾不同的花樣，白紙就會變成不同的面貌。
這就是「修飾」的意思。

使用修飾詞，可以把人、事、物的情況描述得更清楚。

修飾詞是用來描述的。

空的籃子
修飾詞

滿的籃子
修飾詞

籃子

大紙箱
修飾詞

紙箱

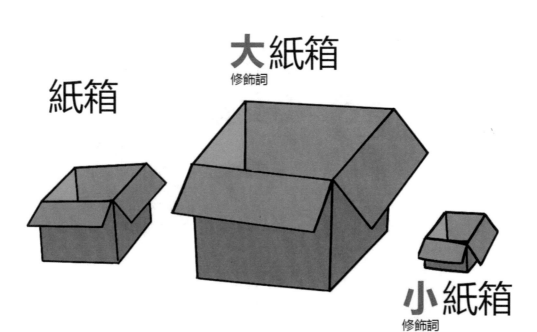

小紙箱
修飾詞

男孩

兩個男孩
修飾詞

積木

彩色的積木
修飾詞

當「襯衫」這個名詞，加了修飾詞後，可以變成：

藍色的襯衫
修飾詞

舊的襯衫
修飾詞

條紋的襯衫
修飾詞

新的襯衫
修飾詞

昂貴的襯衫
修飾詞

厚棉襯衫
修飾詞

　　使用修飾詞，雖然我們仍然在談論「襯衫」，但是我們可以把「襯衫」修飾得非常不一樣。

　　例如「公車」，使用修飾詞後，你可以傳達「一輛**故障的**公車」、「一輛**彩色的**公車」，或是「一輛**雙層的**公車」等等的想法。如果沒有修飾詞，公車就只是公車，無法傳達那是一輛什麼樣子的公車。

　　凡是用來修飾名詞的修飾詞，皆稱為「形容詞」。

【形容詞】ㄒㄧㄥˊ　ㄖㄨㄥˊ　ㄘˊ：
　　形容事物的形態、性質的詞。常附加於名詞之上。如「高山」中的「高」、「溫暖的春天」中的「溫暖」。

【形容詞是用來修飾名詞的】

星星

藍色的星星

黃色的星星

紅色的星星

綠色的星星

紫色的星星

「星星」是名詞。在「星星」的前面加上形容詞「藍色的」、「黃色的」、「紅色的」、「綠色的」、「紫色的」，你可以把「星星」修飾得很不一樣。

藍色的　星星
形容詞　名詞

這句話：

來福是我養的一隻　__小__　狗。
形容詞　名詞

改變形容詞，你可以得到完全不一樣的想法。

來福是我養的一隻　__老__　狗。
形容詞　名詞

來福是我養的一隻　__黑__　狗。
形容詞　名詞

來福是我養的一隻　__雜毛__　狗。
形容詞　名詞

來福是我養的一隻 __沒尾巴的__ 狗。
形容詞　　名詞

來福是我養的一隻 __長毛的__　狗。
形容詞　名詞

來福是我養的一隻 __大眼睛的__　狗。
形容詞　　名詞

你有注意到嗎？形容詞是用來修飾名詞的。

【形容詞也可以修飾代名詞】

我

代名詞

生氣的我

形容詞

哭泣的我

形容詞

想睡的我

形容詞

大叫的我

形容詞

開心的我

形容詞

形容詞也可以用來修飾代名詞。

【「的」字是形容詞尾】

還記得「的」字的特別用法嗎？在代名詞的單元時，我們提到「*的*」字可以省略後面所帶的名詞；一方面代替名詞，一方面聯接前面的形容詞，所以這個「的」字，兼有代名詞作用，成了**聯接代名詞**。

例 你看見了賣花的人嗎？→你看見了賣花的　嗎？
　　　　　　　　名詞　　　　　　　　　　　　　（名詞人被省略）

這是因為「*的*」字有一個很特別的用法：**只要在名詞、代名詞後面加上一個「*的*」字，就可以把名詞、代名詞轉變成形容詞。**

例如：「木頭」是名詞，若在後面加了「*的*」字，就變成形容詞「木頭的」，可以用來描述另一個名詞「桌子」。名詞之後所帶的「*的*」字，稱為**形容詞尾**。

木頭的 桌子→ 描述桌子是木頭做的。
形容詞　　名詞

貴族的 學校→「貴族的」是形容詞，用來描述名詞「學校」。

平民的 房子→「平民的」是形容詞，用來描述名詞「生活」。

玻璃的 窗戶→「玻璃的」是形容詞，用來描述名詞「窗戶」。

加了「*的*」字，就可以將一切的名詞、代名詞等**實體詞**（以及一切語、句）都化成形容詞性，來修飾其他**實體詞**。

【「形容詞」可分成四大類來介紹】

一、性質與狀態形容詞

用來描述事物的**性質**、**狀態**、**形體**或程度。

二、數量形容詞

用來描述事物的**數量**。

三、指示形容詞

用來描述事物的**位置**，或**範圍**。

四、疑問形容詞

用來詢問實體事物的種類、性質、狀態或數量。

【性質】ㄒㄧㄥˋ　ㄓˊ：指事物的特性與本質。例水和火的性質不同。

【狀態】ㄓㄨㄤˋ　ㄊㄞˋ：
　　　人或事物所表現出來的狀況、表情或姿態。例這座火山進入休止狀態。

【形體】ㄒㄧㄥˊ　ㄊㄧˇ：形狀，身體外貌。例水中映出了他的形體。

【程度】ㄔㄥˊ　ㄉㄨˋ：
　　　描述事物變化所達到的狀況。例他的數學程度只有加減乘除。

第一類　性質與狀態形容詞
用來描述事物的**性質**、**狀態**、**形體**或程度。

【性質】：指事物的特性與本質。

例棉質材料具有吸汗的性質。

例毒藥具有傷害身體的性質。

例喜事具有讓人開心的性質。

例布料具有柔軟的性質。

例好人具有助人為樂的性質。

這類的形容詞，例如：

*棉*布、*毒藥*、*喜糖*、*軟*帽、*好*人、*硬*皮、*糊塗*東西、*精明的*企業家…

軟帽
形容詞

喜糖
形容詞

第一類　性質與狀態形容詞
用來描述事物的**性質**、**狀態**、**形體**或程度。

【狀態】：人或事物所表現出來的狀況、表情或姿態。

例 姐姐的頭髮狀態是自然捲的。

例 小花的頭髮狀態是乾躁無光澤的。

例 冬天的天氣狀態是寒冷的。

例 孩子的心理狀態是快樂的。

例 這水的狀態是冰的。

例 媽媽現在的狀態是生氣的。

這類形容詞，例如：

*冷的*天、*熱的*天、*髒*手帕、*美麗的*景色、*快樂的*孩子…

冷的 天
形容詞

熱的 天
形容詞

第一類　性質與狀態形容詞
用來描述事物的**性質**、**狀態**、**形體**或程度。

【形體】：形狀，身體外貌。

例 餅乾盒子的形體是長方體的。

例 玻璃珠的形體是圓形的。

例 這個蛋糕的形體是愛心形狀的。

例 爸爸的形體比哥哥的形體大。

例 這個冰塊的形體是立方體的。

例 小美請我用黏土捏出一個鳥的形體。

這類形容詞，例如：

大熊、*小熊*、*高山*、*方型的*盒子、*狹長的*隧道、一座*長橋*…

小 熊
形容詞

大 熊
形容詞

長 條 形 蠟 筆
形容詞

第一類　性質與狀態形容詞

用來描述事物的**性質**、**狀態**、**形體**或**程度**。

【程度】：描述事物變化所達到的狀況。

例　還好房間被弄亂的程度只是輕微的。

例　她的英文只有勉強可以對話的程度。

例　這杯紅茶甜的程度還不夠。

例　你想要懶散到什麼程度？

例　他雖然只是國中生，但作文程度已經達到了高中生的水平。

例　當媽媽說：「我的忍耐程度是有限的。」表示媽媽生氣了。

這類形容詞，例如：

*幼*蟲、*老*人、*新*衣、*舊*鞋、*高等*法院、*初級*班…

哭臉 形容詞

笑臉 形容詞

小 雞 形容詞

成熟的 雞 形容詞

【性質與狀態形容詞的補充資料】

性質與狀態形容詞，很多都是由其他的詞類轉變成的，也常常與下列名詞聯合成複合名詞：

(1)由名詞轉形容詞

例如：「猿」和「臂」本來都是名詞，兩字聯合成「**猿臂**」，「猿」字變成形容詞修飾「**臂**」。

例 犬子、石硯、鐵橋、飯碗、夜市、男丁、 女工、母雞⋯

(2)由動詞轉形容詞，

例如：「落」本來是動詞，和「花」聯合成「**落花**」，「落」變成形容詞修飾「花」。

例 飛鳥、招牌、行人、歌手、抽屜、站長、炸藥、押金⋯

中文的文法和西方文法有一個大不相同的點：

中文的詞類，在詞本身（即字的形體上）並沒有一定的分類，必須看它在句子中的位置或職務，才能認定這個詞是屬於何種詞類。

第二類 數量形容詞 這種形容詞是用來描述事物的**數量**。

【數量】：數目的多寡。

例一盒鉛筆的數量是十二枝。

例我手邊有的現金數量是四千五百元。

例這串項鍊的珍珠數量有一百二十顆。

例這箱蘋果的數量有二十顆。

例今天參觀人數的數量已經破千了。

例這家店可以提供的優惠券數量是有限制的。

這類形容詞，例如：

*很多的*豆子、*很少的*豆子、*六十*歲、*四千*元、*二*哥、*三*弟、*三成*利潤、*千方百*計…

很多的 珠子
形容詞

很少的 珠子
形容詞

【數量】ㄕㄨˋ ㄌㄧㄤˋ：總額的多寡。例這批茶壺的數量不多，預購從速。

第二類 數量形容詞 這種形容詞是用來描述事物的**數量**。
分成五種：

(1) 計算數量（常帶【量詞】）

例一【匹】馬························【匹】是量詞

例三【桶】汽油

例兩【斤】豬肉

例白米十【包】

例五【本】兒童讀物

(2) 列出順序

例*第一*流人物、*第二*章、*第五*個兒子……（要寫出「第」字）

例一月、二月、二哥、三弟……（省略「第」字）

例卷一、卷二、卷三……（數字的形容詞在名詞後面）

計算數量要用「兩」字，如豬肉有多少斤？兩斤豬肉。

列出順序要用「二」字，如現在是幾月？二月。

所以「二月」和「兩（個）月」是不一樣的意思。**計算數量**常常帶量詞，**列出順序**時，如果要帶量詞，一定要加上「第」字，這是習慣上避免混淆的自然用法。

（下一頁繼續）

第二類 數量形容詞 這種形容詞是用來描述事物的**數量**。
分成五種：

(3) 表示分數

例 我吃了*十分之一*的零食。（先標出分母*十*，分是名詞，*之一*是
分子）

例 小明拿走*三*成的*兩*成利益。（先標出分母*三*，分子是*兩*）

例 對於這件事，我只有*八*成的把握。（省略分母，分母只限於十）

例 妹妹喜歡喝*七*分甜的珍珠奶茶。（省略分母，分母只限於十）

(4) 不確定的餘數

例 這場活動，來了一百*幾*十人。

例 這場馬拉松比賽，聚集了全國百*餘*所學校的選手。

例 他已經旅行兩個*多*月了。

例 這場雨下了十*多天*，到處都濕濕的。

(5) 不確定的整數

例 這塊肉有*兩*三斤。（表大概的估量）

例 這兩個人已經喝到*七八*分醉。（表大概的估量）

例 人這一生，會遇見*千千萬萬*的人了。（表示數量非常多）

例 為了解決眼前的難題，他們用盡了*千方百*計。（表示種類很多）

例 *多*年未見，有些親戚幾乎認不出來。

例 我等了*幾天*，都沒接到電話。

例 天空中有*無數*閃爍的小星星。

第三類 指示形容詞

這種形容詞是用來描述事物的**位置**，或**範圍**。

我 喜歡 那塊 蛋糕。
　　　　指示形容詞(帶量詞)　名詞

那些 蘋果 已經紅了。
指示形容詞　名詞

【位置】ㄨㄟˋ ㄓˋ：所在的地方。例我家的位置在中山公園附近。

【範圍】ㄈㄢˋ ㄨㄟˊ：
　　　周圍界限。例外出時，媽媽不讓孩子離開她的視線範圍。

【「指示形容詞」的特別說明】

　　將「指示代名詞」附加於**名詞**上，就變成了「指示形容詞」。

　　「指示代名詞」與「**指示形容詞**」的差別就是「指示代名詞」後面不加名詞，而「**指示形容詞**」後面一定有名詞。因為形容詞是用來修飾名詞的。

例 我喜歡 *那個*。
　　　　　　指示代名詞（後面沒有名詞）

例 我喜歡 *那個* 蘋果。
　　　　　　指示形容詞　　名詞

例 *那件* 衣服 真好看。
　　指示形容詞　　名詞

例 *那些* 椅子 都壞掉了。
　　指示形容詞　　名詞

第三類　指示形容詞-1　近指

描述比較近的人事物，就用**近指**。（把*指示代名詞*的*近稱*附於名詞前面）

近指（單數）：（下一頁繼續）

這、*此*　（因為是單數，常省去數量詞「一」，並常帶有【量詞】）

例 *這*書‥‥‥‥‥‥‥‥‥‥只有一本書，省略數量詞「一」

例 *此*人

例 *這*【個】人‥‥‥‥‥【個】是量詞

例 *這*【件】衣服

例 *此*【件】事

例 *這*【樁】事情

這【個】　蝴蝶結 是紅色的。

指示形容詞(帶量詞)　名詞

第三類 指示形容詞-1 近指

描述比較近的人事物，就用**近指**。（把*指示代名詞*的*近稱*附於名詞前面）

近指（單數）：（接上一頁）

這、*此*　　也可加上形容詞尾『的』字

例 *這*【樣】『的』情形很常見。

例 *此*【種】『的』做法不可行。

例 *這裡『的』*書很新。

例 *這樣『的』*花很大朵。

例 *這樣『的』*情節很常見。

這樣的　椰子樹　很大棵。
指示形容詞　　　名詞

第三類 指示形容詞-1 近指

描述比較近的人事物，就用**近指**。（把*指示代名詞*的*近稱*附於名詞前面）

近指（複數）：

這些、*此等*、*這麼樣*　可加形容詞尾『的』

例 *這些*人

例 *這些*東西

例 *這些*糖果

例 *這些*玩具

例 *此等*人物

例 *此等*問題

例 *這麼樣*『的』情形

這些 魚 都是要賣的。
指示形容詞　名詞

【些】ㄒㄧㄝ：

1. 少量、一點。例 些微、些許
2. 量詞。計算事物不確定數量的單位。例 這些人、有些事情

【這麼樣】ㄓㄜˋ・ㄇㄜ ㄧㄤˋ：

如此、這樣。例 這麼樣的遊戲，我第一次看到。

第三類 指示形容詞-2 **遠指**

描述比較遠的人事物，就用**遠指**。（把*指示代名詞*的*遠稱*附於名詞前面）

遠指（單數）：

那、彼　（因為是單數，常省去數量詞「一」，並常帶有【量詞】）

例 *那*人………………　　只有一個人，省略數量詞「一」

例 *那*【家】店…………【家】是量詞

例 *那*【枝】筆

例 *那*【朵】花

例 *彼* 時

例 *彼* 處

那個 人 是 小偷。

指示形容詞(帶量詞)　名詞

【彼】ㄅㄧˇ：
那、那個。與「此」相對。例彼時、顧此失彼、厚此薄彼

第三類 指示形容詞-2 **遠指**

描述比較遠的人事物，就用**遠指**。（把*指示代名詞*的*遠稱*附於名詞前面）

遠指（複數）：

那些、彼等　可加形容詞尾『的』

例 *那些*氣球

例 *那些*人

例 *那些*年

例 *那些*樹木

例 *彼等* 烏合之眾

例 *彼等* 忠貞之士

例 *彼等* 叛徒

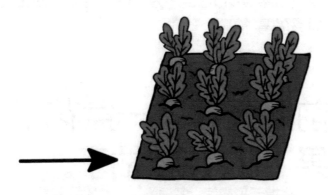

那些 植物 是 紅蘿蔔。
指示形容詞　　名詞

【彼等】ㄅㄧˇㄉㄥˇ：

不包括說話的人或作者在內的一群沒有被特別指出來的人或勢力。例 這次的會議紀錄會發給各位，以供彼等查閱。

第三類 指示形容詞-3 承前指

要形容上一句話中提到的實體詞，就是**承前指**。

承前指：把**指示代名詞**的*那*、*這*、*他*、*她*、*它*……放在句子中，用來形容上一句話中已經出現的名詞，就是**承前稱**。

他、*她*、*它*可兼用*這*、*那*等字。（但是*他*要當作*他的*來解釋，*他那*要當作*他的那個*來解釋）在文言文中，也就是*其*字。

例 小美拎著一個包包，*她那*包包是她親手做的。

例 媽媽很會煮菜，*她那*手藝不輸給餐廳的大廚師。

例 張君很能言善道，雖然*他那*見解很有道理，他卻做不出來。

例 松鼠為了磨*牠那*門牙，會有啃咬樹皮的行為。

例 哥哥很愛吃，*他那*食量真令人佩服。

例 泰山很強壯，*他那*力氣無人能敵。

例 人之將死，*其*言也善。

例 1999 年 9 月 21 日集集大地震，*那*時候，我恰好住在*那個*地方，親眼看見*那些*事情。

我前幾天買了一盆花，
結果 **那盆** 花 枯了。
指示形容詞　名詞

【其】ㄑㄧˊ：他的、他們的。例各得其所、人盡其才

第三類 指示形容詞-4 **不定指或虛指**

若是要描述的實體詞並不是特定的人事物，就可以使用不定指或虛指 。

不定指或虛指：*有、有些*(複數專用)、*某* （下一頁繼續）

有、有些、有的——只放在主語前面，不在其他位置

例 *有*人志在保家衛國。……………………沒有明確指出是哪一個人

例 今天上課時，*有*人忘記帶課本。

例 *有*人一輩子都住在深山裡。

例 *有*輛車停在路中間。

例 *有的*人愛唱歌，*有的*人愛跳舞，*有的*人愛打遊戲。

例 *有些*事不方便講。

例 *有些*時候不能這麼死板。

例 *有些*照片不能曝光。

例 *有些*人想要成為歌星。……………………沒有明確指出是哪些人

他不能吃 某些 食物。
　　　　　指示形容詞　名詞

第三類 指示形容詞-4 不定指或虛指

若是要描述的實體詞並不是特定的人事物，就可以使用不定指或虛指 。

不定指或虛指：(接上一頁)

某 可以帶【量詞】

例 *某*【*輛*】車開往*某*地協商*某*【*種*】問題。……

例 她幻想*某*天她會遇見白馬王子。

例 他不在家，一定是開著*某*【*輛*】車出門了。

例 這件事，*某*方面是不可行的。

例 這群人裡，有*某*【*個*】人是間諜。

例 傳說在這座山的*某*【*個*】地方埋著寶藏。

例 也許*某*年*某*月*某*一天，這個祕密就被解開了。

她相信她會跟 某個 人 相愛。
　　　　　　指示形容詞　名詞

【某】ㄇㄡˇ：
　1. 對不指名的人、地或事物的代稱。例 某人、某地
　2. 我，自稱之詞。例 張某願意代表本班參加全校的演講比賽。

【「指示**形容詞**」如何變成「指示**代名詞**」？】

重點→指示**形容詞**的不定指或虛指，若將其後的名
　　　　詞省去，就是指示**代名詞**的不定稱。

例 水裡的魚，*有些* 魚是海水魚，*有些* 魚是淡水魚。
　　　　　　指示形容詞　　　　　　　指示形容詞

　→水裡的魚，*有些* 是海水魚，*有些* 是淡水魚。
　　　　　　指示代名詞　　　　　　指示代名詞

例 那群人中，*有* 人志在從軍，*有* 人志在創業。
　　　　　　指示形容詞　　　　　指示形容詞

　→那群人中，*有* 志在從軍的，*有* 志在創業的。
　　　　　　指示代名詞　　　　　　指示代名詞

你有發現嗎？

　雖然同一例句的兩句話意思是一樣的，但我們在分析句子中的詞
類時，卻發現同一個詞變成了不同的詞類。這是中文的文法特色，在
此特別強調出來，讓讀者可以分辨。

第三類 指示形容詞-5 統指

若是要描述一種概括性的全體，就可以使用**統指** 。

統指：*一切*、*所有*、*凡*、*大凡*

例 *一切*恩怨都放下了。

例 *一切*是非對錯都有因果。

例 *一切*辦法都派不上用場。

例 *所有*人通通趴下。

例 *所有*水果都在特價。

例 *凡*人都料到他 *所有* 辦法一定全行不通。

例 *凡*狗都愛吃骨頭。

例 *凡*年滿十八歲的青年，都有當兵的義務。

例 *大凡*文章寫得好的人，總在語言上下過功夫。

例 *大凡*女孩子，都喜歡收到玫瑰花。

例 *大凡*有心人，都會記得對方的喜好。

大凡 女孩子，都喜歡收到玫瑰花。
指示形容詞　　　名詞

【一切】一　くㄧㄝˋ：全部、所有。例你儘管放手去做，一切有我負責。

【凡】ㄈㄢˊ：概括之詞。例凡年滿二十歲的人，都有選舉權。

【大凡】ㄉㄚˋ　ㄈㄢˊ：大概。例大凡問題的發生，總是有原因的。

第三類 指示形容詞-6 逐指

需要逐一指出的，就可以使用**逐指** 。

逐指：*每、各*　可以帶【量詞】

例 *每*次上課、*各*人自己去領書。

例 *每*分 *每*秒都要把握。

例 *每*天都要吃早餐。

例 這裡的菜，*每*【*種*】都來一份。

例 這裡的*每*【*個*】人都想學游泳。

例 媽媽要求*每*【*餐*】飯都要吃完。

例 *各*【*家*】餐廳菜色不同。

例 世界*各*地*每*天都有人出生。

例 *各*人造業*各*人擔。

例 *各*國都有自己的文化。

例 *各*門*各*派都有獨門絕招。

每 天 都有人生病。

指示形容詞　名詞

【每】ㄇㄟˇ：各個。例每件、每人、每時每刻

【各】ㄍㄜˋ：
1. 群體中的單數。例各國、各位
2. 個別的。例各自、各個擊破

第三類 指示形容詞-7 **別指**

不是現在正在談論的事物，需要另外指出來的，就用**別指**。

別指：*旁、旁的、別、別的、* 可加形容詞尾『的』（下一頁繼續）

例 *旁*人說*別的*事，你不必分心去聽。

例 *旁*人說什麼不重要。

例 不是*旁*人而是王先生。

例 他只喝無糖紅茶，*旁的*飲料都不要。

例 這屋子裡除了書，沒有*旁的*東西。

例 這個項鍊款式*別*家飾品店都沒有賣。

例 你不要干擾*別*人。

例 他這麼做，應該有*別的*企圖。

例 除了肉，*別的*菜你也要吃。

除了椰子，旁的 東西都沒有。
指示形容詞　　名詞

【旁】ㄆㄤˊ：別的、其他的。例旁人

【別】ㄅㄧㄝˊ：另外。例別人、別稱、別開生面

第三類 指示形容詞-7 **別指**

不是現在正在談論的事物，需要另外指出來的，就用**別指**。

別指：（接上一頁）*其餘*、*其他*、*此外的*　可加形容詞尾『的』

例 早起運動，除了健身，*其餘*好處也不少。

例 他現在除了家人，*其餘*朋友一概不見。

例 除了張君，我班上*其餘*同學都是義大利人。

例 *其餘的*東西，我都不要了。

例 小明留下來，*其他*人通通出去。

例 這家冰淇淋的*其他*口味也很好吃。

例 你們還有什麼*其他*看法？

例 你把工作做好，*此外的*閒話別多說。

例 你專心準備考試，*此外的*事先別管。

除了去醫院，沒有 其它 辦法嗎？

指示形容詞　　名詞

【其餘】ㄑㄧˊ ㄩˊ：

其他、剩下的。例 這件事先這樣，其餘的細節我們再慢慢討論。

【此外】ㄘˇ ㄨㄞˋ：

除此以外。例 他主要的休閒活動是爬山，此外還喜歡聽音樂及看書。

【補充說明】

　　指示**形容詞**的統指、逐指、別指這三種，後面若是沒有接名詞，也可認為是指示**代名詞**。

下面的例句，去掉名詞之後，**形容詞**變成指示**代名詞**：

例1 他把 *一切* 　恩怨 都放下了。→他把 *一切*都放下了。
　　　指示形容詞　名詞　　　　　　　　　　　指示代名詞

例2 *旁的* 　東西 都不用拿。→ *旁的*都不用拿。
　　指示形容詞　名詞　　　　　　　指示代名詞

例3 他拋棄*所有的* 　家當。→他拋棄 *所有*。
　　　　　指示形容詞　名詞　　　　　指示代名詞

例4 他除了西瓜，*其餘* 　水果都不愛。
　　　　　　　　指示形容詞 名詞

→他除了西瓜，*其餘*都不愛。
　　　　　　　指示代名詞

第四類　疑問形容詞

用來詢問實體事物的種類、性質、狀態或數量，就用**疑問形容詞**。

疑問的語氣？

什麼 人來了？

你從 **什麼** 地方來的？

何 人做的？

第四類 疑問形容詞

（1）普通的疑問形容詞 （不帶〔量詞〕）

什麼、甚、何、誰（後面只能附人）

例 *什麼* 人來了？（也可作 *誰* 人來了？）

例 他說的是 *什麼* 話？

例 你 *什麼* 時候回來？

例 請問你要 *什麼* 口味？

例 發生了 *什麼* 事？

例 *什麼* 顏色能代表熱情？

例 他為 *甚* 緣故不去？

例 *何* 人打了他？

例 我們 *何* 時要出發？

例 請問你有 *何* 事？

例 *誰* 人吃了我的餅乾？

麵包 何 時會出爐？
指示形容詞 名詞

【甚】ㄕㄣˊ：同「什麼 ㄕㄣˊ・ㄇㄜ」。表示不特定的人、事、物等。

【何】ㄏㄜˊ：什麼。例 何故、何處、何時

【關於「什麼」的補充資料】

重點→ 「什麼」本來是**疑問形容詞**，但如果使用在直述句，不是疑問的語氣時，「什麼」就變成了**指示形容詞 -4 不定指或虛指**。

例 你發生了 *什麼* 事？。
　　　　　　疑問形容詞

例 *什麼* 人養 *什麼* 狗。(不是疑問句，「什麼」就是指示形容詞)
　指示形容詞　　指示形容詞

例 說到 *何* 處，做到 *何* 處。(不是疑問句，「何」就是指示形容詞)
　指示形容詞　　指示形容詞

重點→ 有些疑問句主要在問「是不是？」「有沒有？」，在這種句子中，疑問形容詞也不發生作用。

例 1. 人生 "有沒有" *什麼* 意義與價值？

例 2. 他 "是不是" 受了 *什麼* 委屈？

例 3. 他這幾年 "可" 曾做出 *什麼* 成績？

　　試著對例 1,2,3 的問話來回答，你會發現這些 "*什麼*" 並沒有做疑問的工作，做疑問工作的是 "有沒有"，"是不是"，所以 "*什麼*" 主要是用來形容附在後面的名詞，算是 "不定或虛指的形容詞"。

第四類 疑問形容詞

（2）選擇的疑問形容詞　（必帶【量詞】）

那（哪）

例 你要的是那【本】書？

例 剛才來的是*那* 兩【*個*】人？

例 *那*一【位】是你朋友？

例 *那*【杯】水比較冰？

例 你要買*那*一【*種*】水果？

例 你喜歡*哪*【*個*】顏色？

例 *哪*【*朵*】花比較好看？

你要買 哪 一 種 水果？
　　　　疑問形容詞　　量詞　　名詞

重點→除了關於*時間* 與*地點* 的詢問之外，「*什麼*」和「*那*」，在用法上是不能互換的。「*那*本書」改成「*什麼*本書」，這樣是不成立的。即使「*那*本書」改成「*什麼*書」，所問的範圍與意義已經大不相同，已經失去『選擇的』意思了。

(3) 數量的疑問形容詞 （常帶〔量詞〕）

幾、幾多、若干、多少…

例 這裡有*幾*〔個〕辦事員？

例 你一小時能走*幾*〔里〕路？

例 他一共吃了*幾*〔碗〕麵？

例 你近視有*幾*度？

例 問君能有*幾多* 愁？恰似一江春水向東流。

例 淹死一隻螞蟻需要*幾多* 水呢？

例 這次報名人數共有*若干*人？

例 長成一棵大樹需要*若干*年呢？

例 出席的共有*多少* 人？

例 你在美國住了*多少* 日子？

買一輛車需要 **多少** 錢？
疑問形容詞　名詞

【幾】ㄐㄧˇ：
　　1. 詢問數目。例 今晚一共有幾個人要來？
　　2. 表示大於一，而小於十的不定數目。例 幾千元、十幾人

【若干】ㄖㄨㄛˋ ㄍㄢ：
　　未確定或未說明的數，用來詢問數量有多少。例 若干年後，我們還會想起今天的情景嗎？

【幾多】ㄐㄧˇ ㄉㄨㄛ：多少。例 你身上有幾多錢？

【如何區分「形容詞」和「代名詞」？】

這、那、什麼等字，在形容詞，和代名詞都是共同的字，那要如何區分呢？

差別只在用法上：

是用來代替**實體**嗎？

還是**附加的部份**？

重點→ **代名詞**是用來代替實體的東西（名詞、代名詞）；
而**形容詞**必附加於實體的東西前面。

例 **這** 是 *什麼* **人**？
　　指代　　　疑形　　名詞

例 **這** **人**的名字叫 *什麼*？
　　指形　名詞　　　　　　疑代

【形容詞尾「的」字】

形容詞，除了**指示**、和**疑問**的一部分之外，大都可以借由添加一個語尾「的」字，把**詞**變成**形容詞**或是把**語**變成**形容語**。

有些可以不用添加「的」字，有些卻一定要添加「的」字。

例如：青的山、綠的水、高大的房屋、許多的東西、紅〔色〕的封套、玫瑰的花瓣、老的人……。

以上這些都可以**不必添加「的」字**。省去「的」字後，就是：青山、綠水、高大房屋、許多東西、紅封套、玫瑰花瓣、老人…

青山
綠水

紅封套

下列這些「的」字大都是必要的：

例如：<u>扁圓</u>的橘子、強健的身體、活潑的小孩、很熱的天氣、大得很的屋子、亮得滿屋子如同白晝的電燈…。

扁圓的橘子

「的」字，是否添加的原因：

(1) 習慣上有分熟詞（熟悉的常用詞）與非熟詞；熟詞如「青山」、「綠水」、「大好春光」就不添加「的」字。

(2) 以語句的整齊、調節、流利為標準，來決定添加或不添加。

(3) 習慣上常用的短語，往往為了求工整，省略「的」字，如「我"的"家」省略為「我家」，「兒童"的"心理」省略為「兒童心理」。又如「土地管理法修正草案」是「土地的管理的法的修正的草案」的縮寫，裡面的「的」字全部都要省略，因為這是一個固定的名稱，更需要求精簡，所以一個「的」字也不留。

(4) 形容詞疊用時，如「台灣"的"人民"的"生活"的"狀況」，連用三個"的"字，太囉嗦了，所以通常只留下最後一個，寫成「台灣人民生活"的"狀況」。

(5) 一個形容詞的附加成分若是太多，就有添加「的」字的必要。例如，亮得滿屋子如同白晝的電燈，這句「亮得滿屋子如同白晝」是用來形容電燈，電燈前面必須添加形容詞尾「的」字。

(6) 添與不添，往往意思不同：如「*這樣*東西」是指該物品，「*這樣的*東西」是形容該物品的性質與狀態。

(7) 形容詞與實體詞聯成複合名詞的，都不添加「的」字，如青山、綠水。

(8) 名詞變成形容詞性質，附加在名詞前，一定要添加「的」字。如：*平民的*生活， *貴族的*學校，*民治的*發展，*不人道的*政治……。

(9) 動詞當形容詞用，要添加「的」字；例"會跑會跳的"動物，"流逝的"時光，"游泳的"衣服，…

(8)、(9)所提及的「的」字，視為形容詞尾。

【形容詞】的總結

形容詞可分成四大類：

一、性質與狀態形容詞：

用來描述事物的**形體**、**狀態**、**性質**或程度。

二、數量形容詞：用來描述事物的**數量**。

(1) 計算數量（常帶【量詞】）

(2) 列出順序

(3) 表示分數

(4) 不確定的餘數

(5) 不確定的整數

三、指示形容詞：用來描述事物的**位置**，或**範圍**。

-1 近指

-2 遠指

-3 承前指

-4 不定指或虛指

-5 統指

-6 逐指

-7 別指

四、疑問形容詞：

用來詢問實體事物的種類、性質、狀態或數量。

(1) 普通的疑問形容詞

(2) 選擇的疑問形容詞

(3) **數量**的疑問形容詞

【實際的物體與意義的不同】：

鉛筆是名詞，下圖是「鉛筆」在生活中的實際外觀。

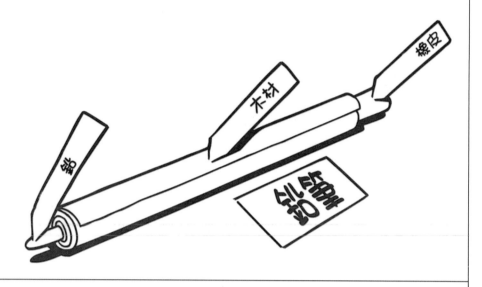

【意義】：

　　事物本身所包含的內容和道理，也是文字和符號所表達的含意。

　　「鉛筆」的意義：

　　　　筆心是用石墨或添加顏料的黏土所做成的筆。

　　　　大約在 1492 年，暴風雨把大樹連根拔起，露出底下大量的石墨礦物。這個烏黑、閃亮類似鉛的物質，可以畫出濃黑的線條。

　　　　起初，為了怕把手弄髒，用細線把石墨捆起來，後來改用木材筆桿包起來。就稱為鉛筆。

　　　　依石墨和黏土的多少，而分成 B（石墨），H（黏土），石墨多於黏土叫幾 B，黏土多於石墨叫幾 H。

【概念與符號的不同】

人們能閱讀字詞，並且在心裡記下來。

這個字，此刻
在他的心靈中

在他的心靈中，這些字被了解成這樣：

【概念與符號的不同】

有些人以為「概念」是指*大概的觀念*。其實這是錯誤的描述。

如果有人問你：「蘋果好吃嗎？」，若是你沒有真的吃過蘋果，或看過蘋果，你將無法明確地回答這個問題。你對於「蘋果好吃嗎？」這個問題，是沒有概念的。

假設你迷路了，你要問路。你問Ａ：「*這裡*離車站多遠？要怎麼去車站？」他回答：「我對這件事情沒有概念。」那表示「他不知道。」、「他沒有從*這裡*去過車站。」、「他對這裡的路不熟。」、「他沒有辦法指出正確的方向。」、「他無法說明路程的遠近。」、「他不知道*這裡*是哪裡？」等。

由此可見，對某件事「**有概念**」，是因為你「瞭**解它**」。你有一個立即的想法。

當有人問你某個詞是「什麼意思？」時，你想到的是你背下來的解釋，或是你查字典時的畫面。那麼，你對這個詞並沒有真正的了解，你也沒有概念。因為 「概念」是指對某事物獲得一個直接的想法，這個想法不是聲音也不是符號，而是你對那個事物的想法。

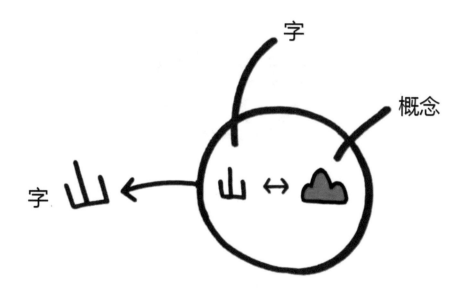

　　你對那件事夠熟悉、實際做過、模擬過，或曾經把自己套入那個情境設想過、演練過，你已經得到了充分的了解。當你再一次看到、聽到該事件，就能立刻辨認出來，那麼你對這件事就是「有概念的」。

　　換句話說，當你可以毫不猶豫地說出你對它的認識，你就對它有**概念**。

　　符號是指寫下來的圖形、線條或字母，可以用來代表一個概念、想法、主意或意思。

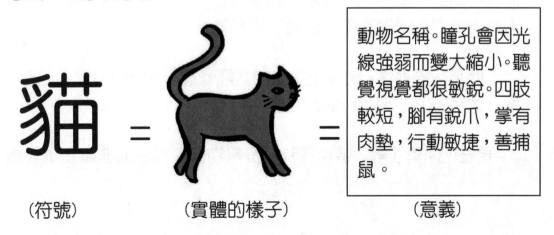

字是符號，是概念的替代物。　書寫的時候，我們使用**字**（符號）來溝通**概念**。

你必須知道，字（符號）**只是事物或想法的*替代品*。**

字（符號）並不是那個事物本身。（例如：「貓」字，只是此種動物的替代品，手掌心上寫著「貓」這個字，並不代表手上有一隻貓。）

而發出「ㄇㄥˇ　ㄑㄧˋ　ㄐㄧ」的聲音也是無法取代冷氣機。你若不相信，試著在大太陽下對空氣說「冷氣機」，並感受一下是否有冷氣向你徐徐吹來？沒有。不是嗎？

而那個插著電，能發出冷氣的實際物體，不管你叫它「大鐵塊」或「大箱子」，都可以發出冷風。

現在，你有了解，字（符號）只是事物的替代品而非事物本身嗎？

【使用符號來溝通】

我們在書寫的時候，就是在使用符號來溝通概念。

王大明在郵購目錄上看到一件襯衫，他在紙上寫下文字（符號），用文字表達他的想法，然後將訂購單寄過去。

請寄給我編號21號的襯衫，大號尺寸

接到訂單的小姐，看懂這個書面溝通的內容。

就把他訂購的大號尺寸襯衫寄給他。

使用文字，你不需要帶著實際的物體去面對面跟對方講話才能讓別人了解你的想法。

恭喜你！

你已經完成中文基礎文法第三單元

還記得嗎？

在第一單元，我們介紹了字與詞，語與句，如何使用字典以及熟悉各種標點符號的用法。

在第二單元認識了名詞、代名詞。

第三單元介紹形容詞。

接下來，在第四單元（中冊），會介紹句子中最重要的「動詞」，

馬上開始進行吧！

【常用量詞介紹】

量詞	用法	舉例
把 ㄅㄚˇ	1.計算有柄或有把手的東西。 2.計算可形成一把的東西。 3.計算可用一隻手抓滿的數量。 4.計算火的單位	一把刀、一把手槍 一把玫瑰、一把筷子 一把土、一把花生 點一把火
撥 ㄅㄛ	計算成批或成組的人或物。	一撥人、一撥魚
包 ㄅㄠ	計算包狀物的單位。	一包米、一包餅乾
班 ㄅㄢ	1.計算人群的單位。 2.計算班級的單位。 3.計算交通工具定時開動的單位。 4.計算工作時段的單位。	那一班人馬、那班傢伙 一年級總共有五班 每小時有一班車到台北 這家工廠是三班制
瓣 ㄅㄢˋ	計算花朵、水果片狀部分的單位。	一瓣橘子（玫瑰花瓣）
本 ㄅㄣˇ	計算書籍、書冊的單位。	一本書、一本畫冊
步 ㄅㄨˋ	計算事情步驟的單位。	第一步要立定志向
部 ㄅㄨˋ	1.計算書籍、影視戲劇等的單位。 2.計算車輛或機器等的單位。	一部電影（書、戲） 一部機車（汽車、堆土機）
遍 ㄅㄧㄢˋ	計算動作的單位。	看（念、說）三遍
匹 ㄆㄧ	計算馬、驢等牲口的單位。	一匹馬（驢子、騾子）
匹 ㄆㄧˇ	計算布類的單位	一匹棉布、兩匹綢子
排 ㄆㄞˊ	1.計算成排的人或東西。 2.軍隊的編制單位。	一排水稻（行道樹、座位） 一排士兵
盆 ㄆㄣˊ	計算盆裝物的單位。	一盆鮮花（水、水果）
批 ㄆㄧ	計算成群的人或物品。	一批旅客、三大批木材

【常用量詞介紹】

量詞	用法	舉例
篇 ㄆㄧㄢ	計算文章或詩作的單位。	一篇論文（日記、小說）
盤 ㄆㄢˊ	1.計算裝成盤的東西。 2.計算棋局段落的單位。 3.計算盤形物數量的單位。	一盤水果、一盤點心 下兩盤棋 一盤蚊香、一盤電線
片 ㄆㄧㄢˋ	1.計算薄而成片的東西的單位。 2.計算成片的地面或水面。 3.加在聲音、景象前。	一片樹葉、兩片土司 一片樹林、一片草地 一片新氣象、一片好意
面 ㄇㄧㄢˋ	計算平面物的單位。	一面國旗（鏡子、鑼、鼓）
門 ㄇㄣˊ	1.計算學科、技藝門類的單位。 2.計算親戚家數的單位。 3.計算大炮的單位。	一門科目、一門學問 一門親事、兩門親戚 三門大砲（高射炮）
秒 ㄇㄧㄠˇ	計算時間的單位。六十秒等於一分鐘。	一分二十秒、三秒鐘
枚 ㄇㄟˊ	1.計算形體較小的物品單位。 2. 計算火箭、彈藥的單位。	一枚銅板、兩枚郵票 一枚炸彈、兩枚火箭
名 ㄇㄧㄥˊ	1.計算人的單位。 2.計算名次。	兩名小偷（學生、罪犯） 第一名、第二名
幕 ㄇㄨˋ	計算舞臺劇幕布起落的次數。	一幕話劇（鬧劇、默劇）
份 ㄈㄣˋ	1.計算有固定數量的單位。 2.計算報紙、文件的單位。	一份工作（薪水、甜點） 一份報紙、兩份文件
發 ㄈㄚ	計算槍、炮、子彈等數量的單位。	四發子彈
封 ㄈㄥ	計算包裹或裝上封套的物件。	一封信、一封電報
副 ㄈㄨˋ	1.計算成套、成組的物品。俗作「付」。 2.計算臉部表情、神態。	一副眼鏡（刀叉、耳環） 一副笑臉、一副窮酸樣

【常用量詞介紹】

量詞	用法	舉例
分 ㄈㄣ	1. 計算重量的單位。為一兩的百分之一。	淨重三錢七分
	2. 計算地積的單位。為一畝的十分之一。	一分地
	3. 計算貨幣的單位。為一元的百分之一。	一分錢、五分錢
	4. 計算時間的單位。六十分為一小時。	五點十七分、幾分鐘
	5. 把整體分成十份，指其中的某幾部分。	七分天才、三分努力、十分成功、萬分感謝
幅 ㄈㄨˊ	計算圖畫、布帛等平面物的單位。	一幅油畫（廣告、方巾）
道 ㄉㄠˋ	1. 計算條狀物的單位。	一道閃電、一道彩虹
	2. 計算有出入口設施的單位。	一道門、多道關卡
	3. 計算題目、命令等的單位。	一道數學題（命令、手諭）
	4. 計算工作次數的單位。	省一道手續
	5. 計算菜餚的單位。	上了五道菜
打 ㄉㄚˊ	計算物品的單位。十二個為一打。	一打原子筆（毛巾、手套）
刀 ㄉㄠ	計算紙張，一百張紙為一刀。	一刀稿紙、一刀紙
擔 ㄉㄢˋ	計算成挑物品的單位。	一擔柴（米）、三擔賀禮
滴 ㄉㄧ	計算液體下滴數量的單位。	一滴眼淚（雨、汗水）
疊 ㄉㄧㄝˊ	計算成疊的堆積物。	一疊紙張、兩疊文件
點 ㄉㄧㄢˇ	1. 計算各種事項。	三點意見（內容、原則）
	2. 計算時間的單位	十點鐘、五點十分
頂 ㄉㄧㄥˇ	計算帽子、轎子等的單位。	一頂草帽、一頂轎子
堵 ㄉㄨˇ	計算牆壁的單位。	一堵牆

【常用量詞介紹】

量詞	用法	舉例
朵 ㄉㄨㄛˇ	計算花或雲彩等團狀物的單位。	一朵花、幾朵白雲
堆 ㄉㄨㄟ	計算堆積物、成群人的單位。	一堆土、兩堆人
對 ㄉㄨㄟˋ	計算成雙的人或物的單位。	一對筆（鴛鴦、眼睛）
隊 ㄉㄨㄟˋ	計算成隊人或物的單位。	一隊人馬（軍艦、士兵）
段 ㄉㄨㄢˋ	1.計算分成幾部分的長條物品。 2.用在一定長度的時間、路程。 3.計算文章的一部分。	一段木頭（甘蔗、水管） 一段（路、距離、時間） 一段文章（故事、話）
棟 ㄉㄨㄥˋ	計算房屋建築物的單位。	一棟樓房（公寓）
碟 ㄉㄧㄝˊ	計算碟裝物的單位。	一碟花生、兩碟小菜
臺 ㄊㄞˊ	同（台）。計算機器或電子設備的單位。	一臺機器、兩臺電視
套 ㄊㄠˋ	計算成組的事物。	兩套洋裝、一套理論
頭 ㄊㄡˊ	計算某些動物的單位。	一頭牛（羊、豬、驢）
攤 ㄊㄢ	計算鋪開成一片的液狀物。	一攤泥水（血）
條 ㄊㄧㄠˊ	1.計算長條形狀的單位。 2.計算街道、河的單位。 3.計算某些動物的單位。 4.計算四肢。 5.計算人命。 6.計算條文、消息的單位。	一條線（香菸、圍巾） 一條河（街道） 一條魚（蛇、狗） 兩條胳臂（腿） 一條命 一條新聞（法規、消息）
罈 ㄊㄢˊ	計算罈狀物的單位。	兩罈酒、一罈醬菜
趟 ㄊㄤˋ	計算走動次數的單位。相當於「遍」、「次」、「回」。	一趟車、去過三趟

【常用量詞介紹】

量詞	用法	舉例
堂 ㄊㄤˊ	計算課程的分節。	一堂課
通 ㄊㄨㄥ	計算電話通話的次數。	兩通電話
團 ㄊㄨㄢˊ	1.計算團狀物的單位。 2.用在某些抽象的事物。	一團毛線、兩團泥巴 一團漆黑（無名火）
輪 ㄌㄨㄣˊ	1.用在太陽和月亮。 2.計算比賽的輪迴。	一輪滿月 第二輪比賽開始
縷 ㄌㄩˇ	用在細而綿長的物品或抽象事物。	一縷輕煙
個 ㄍㄜ·	大多數事物都可用個來計算。	一個人
根 ㄍㄣ	計算細條狀物品。	一根粉筆（繩子、棍子）
股 ㄍㄨˇ	1.計算力氣或氣體等抽象事物的單位。 2.計算條狀物的單位。	一股勁、一股幽香 三股粗麻編成的繩子
縷 ㄌㄩˇ	用在細而綿長的物品或抽象事物。	一縷輕煙
個 ㄍㄜ·	大多數事物都可用個來計算。	一個人
管 ㄍㄨㄢˇ	計算管狀的物品。	一管毛筆（笛子、牙膏）
棵 ㄎㄜ	計算連根的植物。	一棵樹（草）
顆 ㄎㄜ	計算顆粒狀或球形的物品。	一顆糖果（珍珠、蘋果、子彈、行星）
客 ㄎㄜˋ	計算西餐的單位。	一客牛排
塊 ㄎㄨㄞˋ	1.計算塊狀物品。 2.計算片狀物。 3.貨幣單位。	一塊餅乾（石頭、年糕） 一塊布（雲彩、木板、田） 三塊錢、兩塊半

【常用量詞介紹】

量詞	用法	舉例
課 ㄎㄜˋ	計算課文的單位	第六課
口 ㄎㄡˇ	1. 計算人的單位。 2. 計算牲畜數量的單位。 3. 計算有器物數量的單位。 4. 用在語言。 5. 含在口裡的東西。	一家四口 三口豬 一口井、兩口鍋子 說一口流利的國語 一口飯（菜）
捆 ㄎㄨㄣˇ	計算成捆的物品。	兩捆火柴（舊衣服、稻草）
盒 ㄏㄜˊ	計算盒裝的物品。	一盒香皂（糖）
行 ㄏㄤˊ	計算成行的東西。	一行字（詩、柳樹、飛雁）
戶 ㄏㄨˋ	計算人家、住戶。	兩戶人家
回 ㄏㄨㄟˊ	計算長篇小說段落的單位，一章為一回。	第十回、這本小說有一百回
伙 ㄏㄨㄛˇ	計算人群。	兩夥人馬、一夥強盜
級 ㄐㄧˊ	1. 計算階梯的級數。 2. 用在計算等級。	三級臺階（樓階） 六級地震（風）
家 ㄐㄧㄚ	計算共同生活或共同事業的單位。	兩家人家（公司、飯店、銀行、報社）
架 ㄐㄧㄚˋ	計算機器等帶支架的東西	兩架電視機（飛機、機關槍）
節 ㄐㄧㄝˊ	1. 計算帶有節或可連成節狀的物品 2. 計算上課的節數。 3. 用在書籍、文章、詩等的章節。	一節甘蔗（竹子、車廂） 三節課 這一章有五節、第二章第三節

216

【常用量詞介紹】

量詞	用法	舉例
截 ㄐㄧㄝˊ	計算長條物體的一部份。	一截竹子（粉筆）
屆 ㄐㄧㄝˋ	1.計算定期舉行的會議或等活動。 2.畢業級數、官員任期等的單位。	第三屆運動會 第七屆傑出校友
間 ㄐㄧㄢ	計算房間的單位。	五間房間（套房、客房）
件 ㄐㄧㄢˋ	計算衣服、家具、事件的單位。	三件外套（衣服、家具、東西、事情）
局 ㄐㄩˊ	計算棋類及某些球類等的比賽。	下一局棋、桌球比賽進行到第五局
捲 ㄐㄩㄢˇ	計算捲成筒狀的東西。	一捲膠捲（錄音帶、鋪蓋、紙）
起 ㄑㄧˇ	1. 計算事件。 2. 用於人的分批。	一起車禍（搶案） 才來了兩起客人
卷 ㄐㄩㄢˋ	計算書或雜誌的分卷。	三卷書、第二卷第一期
期 ㄑㄧˊ	用在刊物的分期及學習訓練的梯次。	第三期會訊、第二期結業的學員
錢 ㄑㄧㄢˊ	重量單位。	一錢人參（黃金）
群 ㄑㄩㄣˊ	計算成群的人或動物。	一群人（小孩、羊、牛、強盜）
些 ㄒㄧㄝ	用於不定量的人、物或事。	一些人（東西、錢、事情、麻煩、時候）
線 ㄒㄧㄢˋ	用在極微小的抽象概念。	一線生機（希望）
下 ㄒㄧㄚˋ	計算動作的次數。	打（摸）一下
箱 ㄒㄧㄤ	用在成箱的物品。	一箱蘋果（炸藥）
項 ㄒㄧㄤˋ	計算事物分類或件數的單位	一項聲明（工程、指示、決定）

【常用量詞介紹】

量詞	用法	舉例
支 ㄓ	1. 用在隊伍。 2. 計算歌曲。 3. 計算桿狀物品（跟「枝」同）	一支隊伍（船隊） 一支歌（搖籃曲、民謠） 一支鋼筆（竹竿、燈管）
枝 ㄓ	1. 計算帶枝的花朵。 2. 計算桿狀或枝狀物品。	一枝玫瑰 一枝鋼筆（竹竿、燈管）
盞 ㄓㄢˇ	計算燈的單位。	一盞煤油燈（檯燈）
陣 ㄓㄣˋ	計算每告一段落的動作單位。	兩陣雨（風）、一陣騷動（吆喝）
隻 ㄓ	1. 計算某些成對物品其中之一。 2. 計算某些動物。 3. 計算某些器具或物品。	一隻腳（襪子、眼睛、手） 兩隻老虎（山羊、貓、雞） 一隻皮箱（手錶、船）
章 ㄓㄤ	計算文章、歌曲的段落。	第三章
場 ㄔㄤˇ	計算某些活動、事件的場次或經過。	一場比賽（辯論、電影）、一場大雨（爭吵）
齣 ㄔㄨ	計算戲劇的單位。	一齣戲（鬧劇、悲劇）
串 ㄔㄨㄢˋ	計算串連成串的物品。	一串項鍊（珍珠、鑰匙、糖葫蘆、葡萄）
床 ㄔㄨㄤˊ	計算被子和毛毯。	一床棉被（毛毯）
重 ㄔㄨㄥˊ	用在山、門等有層次重疊的事物。	三重山（門、關卡、被窩、理由）
手 ㄕㄡˇ	用在接觸資料的先後。	第一手資料
首 ㄕㄡˇ	計算詩詞、歌曲的單位。	一首詩（歌）
扇 ㄕㄢˋ	計算門窗等成扇的物品。	一扇門（百葉窗、屏風）
束 ㄕㄨˋ	計算捆成束狀的東西。	一束鮮花（香）

【常用量詞介紹】

量詞	用法	舉例
雙 ㄕㄨㄤ	計算成對的事物。	一雙鞋（筷子、手套）
則 ㄗㄜˊ	計算新聞等文稿的單位。	一則新聞（日記、啟事、寓言）
組 ㄗㄨˇ	計算成組或性質相近的人、事、物。	一組工具（儀器、茶具、詩、學生、人）
座 ㄗㄨㄛˋ	計算有座的或固定不動的物品。	一座雕像（鐘、洋房、海島、山、橋）
尊 ㄗㄨㄣ	計算佛像、大炮。	一尊佛像（大炮）
宗 ㄗㄨㄥ	計算大批物品或錢財。	一宗款項（買賣、貨物）
次 ㄘˋ	計算事情經過的單位。	一次考試（考驗、車禍）、第三次院會
冊 ㄘㄜˋ	計算書籍薄冊的單位。	一冊書（日記）、第三冊
餐 ㄘㄢ	計算飲食頓數。	一餐飯（點心）
層 ㄘㄥˊ	1. 計算建築物等的分層。 2. 用在分層的事項。 3. 計算薄的物體。	三層樓（書架、階梯） 一層緣故（考慮、想法） 一層雲彩（皮、餡、土）
簇 ㄘㄨˋ	計算叢聚的花卉、草本植物或雲彩。	一簇菊花（乾燥花、矮樹、彩雲）
撮 ㄘㄨㄛ	計算小撮的少量物品	一撮米（鹽、花生）
叢 ㄘㄨㄥˊ	計算成叢的花草。	一叢草（花）
艘 ㄙㄠ	計算大型船隻。	一艘軍艦（油輪、輪船）
所 ㄙㄨㄛˇ	計算成棟的建築。	一所學校（醫院、房子）
歲 ㄙㄨㄟˋ	計算年歲。	三歲

【常用量詞介紹】

量詞	用法	舉例
樣 一ㄤˋ	計算分類的事物。	三樣小菜(禮物、東西)
葉 一ㄝˋ	1. 計算小船。 2. 同「頁」。	一葉扁舟 一葉、第幾葉
頁 一ㄝˋ	計算書或文件的頁數。	三頁日記(草稿)、第五頁
窩 ㄨㄛ	1. 計算窩裡的動物。 2. 計算一次生產或孵出的動物。	一窩螞蟻(老鼠) 孵出一窩小鳥、生了一窩小狗(小貓)
尾 ㄨㄟˇ	計算魚的單位。	一尾鯉魚
位 ㄨㄟˋ	計算人的單位。	三位老師(理事、客人、代表)
碗 ㄨㄢˇ	計算碗裝的東西。	一碗泡麵(湯、飯)
元 ㄩㄢˊ	貨幣單位。	五元

參考資料來源：

新紀元出版社《文法與溝通》

新紀元出版社《學習如何學習》

臺灣商務印書館《國語文法》

弘揚圖書有限公司《中文文法》

正中書局《簡明國語文法》

（網路版）太平國小網站 范姜老師著的《淺談文法》

何永清先生著作的《國教新知》第 52 卷 第一期

五南圖書出版公司《小學生活用辭典》

東華書局《華文辭典》

商兆文化股份有限公司《小牛頓國語辭典》

世一文化事業股份有限公司《新編國語字典》

（網路版）國語推行委員會 《重訂標點符號手冊》修訂版

（網路版）教育部國語辭典簡編本

（網路版）兩岸萌典

（網路版）查查造句辭典

（網路版）Zaojv.com 造句網

史上最簡單易懂的國語文法書

中文基礎文法（上）

發 行 人　白永鑫
出 版 者　擎天生活新知股份有限公司
地　　址　台中市西區柳川西路二段 84 號 1 樓
電　　話　(04)2373-0050
統一編號　27426394

作　　者　黃筱媛
總 編 輯　黃筱媛
插　　圖　白曉莉
校　　定　黃筱媛
排版設計　黃一娉
印　　刷　映意設計印刷

購書專線　(04)2373-0050
匯款帳號　三信商銀 147 進化分行 10-200-57618
戶　　名　擎天生活新知股份有限公司
Line 搜尋　 @skylife
電子信箱　skylife@hibox.hinet.net

出版日期　2020 年 3 月初版
定　　價　精裝本一套 2580 元，（上）（中）（下）冊不分售

國家圖書館出版品預行編目（CIP）資料

中文基礎文法：史上最簡單易懂的國語文法書／黃筱媛編

著 . -- 初版 . -- 臺中市：擎天生活新知 , 2020.03

　　冊；　公分

　ISBN 978-986-98949-1-3（ 全套：精裝 ）

　1. 漢語語法

802.6　　　　　　　　　　　　　　　　　1090